完璧すぎて可愛げがないと婚約破棄された聖女は隣国に売られる 4
Fuyutsuki Koki
冬月光輝
illust. 昌未
「人通りがまた多くなってきた。
異国の地ではぐれるといけないからな」
「大丈夫ですよ。
オスヴァルト様」
私とオスヴァルト様は
しっかりと指を絡めて歩きます。
少しだけ照れくさそうに
はにかむ彼を見て、私もつられて
笑ってしまいそうになりました。

オスヴァルト・
パルナコルタ
パルナコルタの第二王子
温かい人柄のフィリアの婚約者
フィリア・アデナウアー
パルナコルタの聖女
数々の功績から、大聖女の称号をもつ

ヒルデガルト・アデナウアー
フィリアの母であり、師匠
今はミアと暮らしている
ライハルト・パルナコルタ
パルナコルタの第一王子
先代聖女とは婚約していた
ミア・アデナウアー
フィリアの妹
ジルトニアの聖女を務める

「死なないでくれ。
俺はこの手であなたに触れられない世界に
耐えられる気がしない」
切なげな声で、
オスヴァルト様は囁きます。
私だって同じ気持ちです。
彼の温もりを知らなければ、
きっと私はどこかで
折れてしまっていたはずです。

完璧すぎて可愛げがないと婚約破棄された聖女は隣国に売られる

（4）

Fuyutsuki Koki
冬月光輝
illust. 昌未

A saint whose engagement was abandoned because it was too perfect and not cute is sold to a neighboring country

セデルガルド大陸

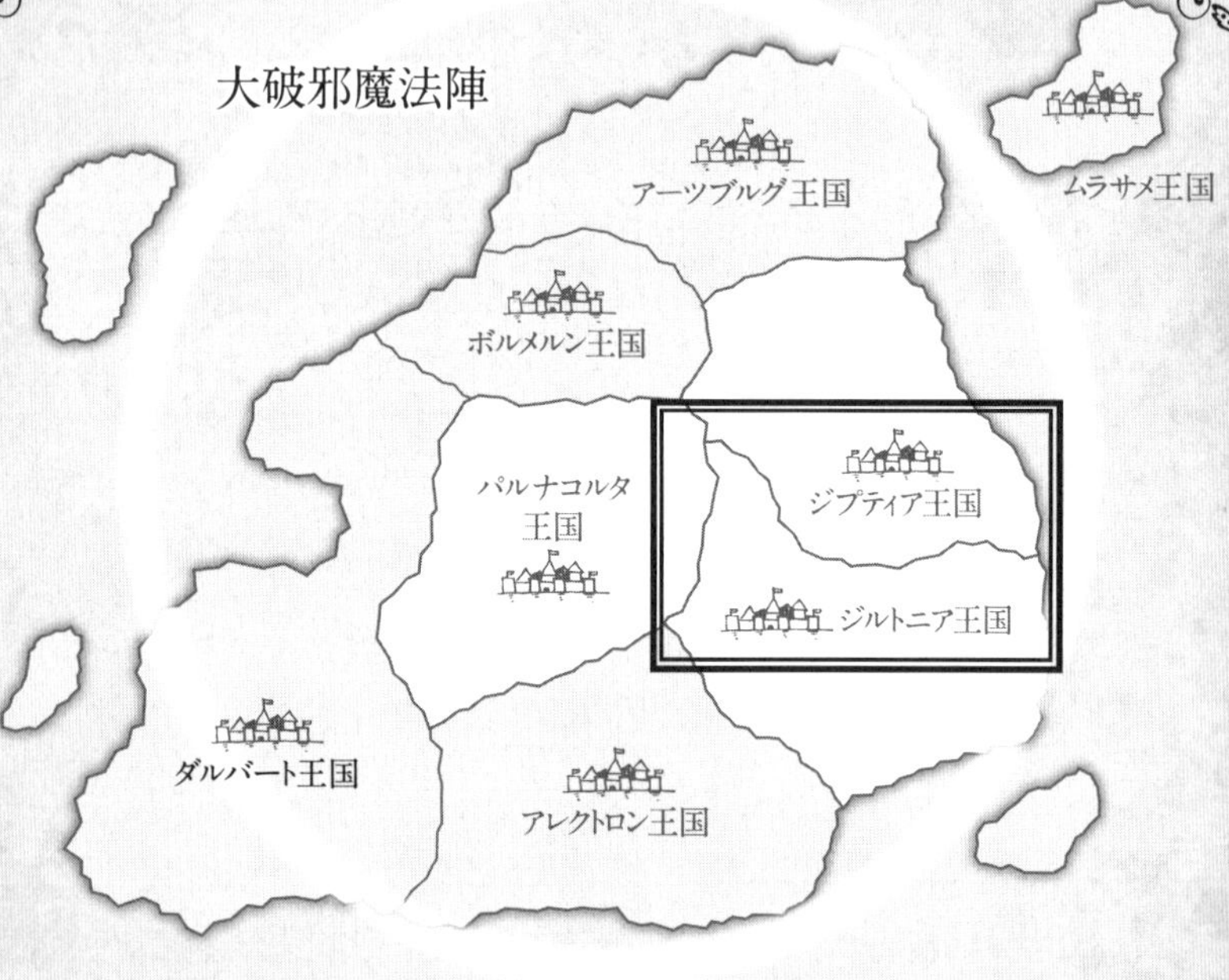

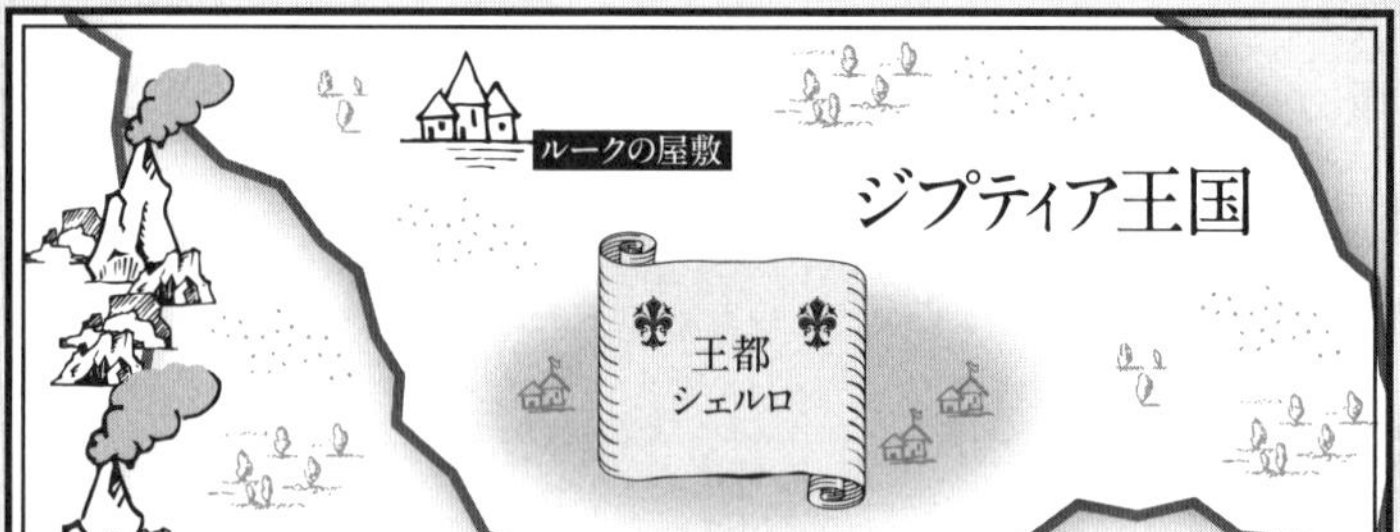

ジプティア王国とジルトニア王国

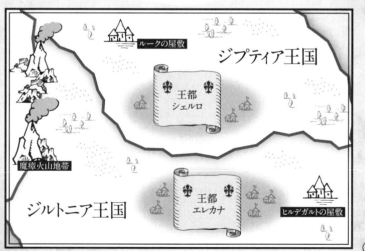

CONTENTS

プロローグ

prologue

——可愛《かわい》げのない。愛想がない。真面目すぎて、面白みがない。そう言われ続けて、生きてきました。

でも、それもまた私らしいと言ってくださる方と出会い、幸運なことに私はその方と結婚をします。

そして、今もその方の隣で畑仕事を手伝っていました。今日は荒れている土地を耕して、新たに豆類を植える準備をしています。

「おーい、フィリア。こっちだ！」

「はい。ただいま参ります」

「相変わらず堅苦しいなぁ。もっと気楽にしてくれよ」

「申し訳ありません。これが私の性分なのです」

そんな私の返事にも「まあいいか」と笑う彼を見て、思わず口元が緩みます。

「しかし、フィリア。本当にいいのか？　ここのところ、俺の畑仕事ばかりに付き合ってくれているが、なにか別にやりたいことはないのか？　あるなら遠慮なく言ってほしい」

「お気になさらず。私はオスヴァルト様とこうして一緒に過ごす時間が楽しいのですから」

「そ、そうか。そこまで言われると照れるな」

頬を掻《か》く仕草をしてそっぽを向くオスヴァルト様。

私はそんな彼の表情が気になり、近くに寄ろうとしました。すると――。

「きゃっ!?」

「おっと、平気か？　珍しいな。フィリアが転ぶなど」

「オスヴァルト様……。す、すみません。ありがとうございます」

つまずいて体勢を崩した私は、そのまま地面に倒れ込んでしまいます。地面が目の前に迫り、このままでは顔からぶつかると思った瞬間、オスヴァルト様が助けてくれました。

不覚にも、平坦《へいたん》な場所だとつい油断してしまったようです。お恥ずかしい。

「礼には及ばない。怪我《けが》がなくて本当によかった。……ふむ。この石につまずいたのか」

「あっ……」

彼は足元に埋まる大きな石を拾い上げました。

その行動で、私は自分が何に引っかかって転倒しそうになったのかを理解します。

「なぁ、フィリア。よく見てごらん。この石が埋まっている下で必死に根を張っているものがあるだろう？」

「……はい。とても健気《けなげ》で立派な植物です。雑草というのはこのような場所にも生えるんですね」

「そうだ。俺もこの雑草のように頑張りたいと思っている。あなたに相応《ふさわ》しい男になれるよう努力を続けるつもりだ」

彼はその言葉の通り、常に自己を高めようと頑張ってくれていました。

王子という身分であるにもかかわらず、私の将来の夫として立派であろうとしてくれる彼を尊敬しています。

「……オスヴァルト様はすごいですね。第二王子という立場であれば雑草のように生きたいなどとは中々仰せになれないかと」

「そうかもしれないな。だが、俺はフィリアのほうがすごいと思っている。過酷な修行にも耐え抜いて、聖女としてあるべき姿を示し続ける君は本当に強い女性だと」

「……私は強くなんかありませんよ。挫《くじ》けてしまいそうになったこともありますし――」

「だとしても、あなたはそれを乗り越えて生きてきた。それこそ俺の理想とする雑草のような……いや、その例えは失礼だな。とにかく俺はフィリアのことを尊敬しているし、その強さに惹《ひ》かれたんだ」

「オスヴァルト様……」

私の心は温かさで満たされていきます。

彼と出会えたこと、そして結婚できることが奇跡のように感じられました。

「あなたの隣に立っていても恥ずかしくないような人間になるよ」

「私もオスヴァルト様の妻として相応しい存在になりたいと思います」

「お互いを高め合う関係というのも悪くはないな」

「はい！」

私たちは手を取り合いながら笑いました。

これから先、辛《つら》いことや悲しいことも待ち受けているかもしれません。

それでも私はオスヴァルト様と共に乗り越えていけると確信しています。

オスヴァルト様の「雑草」のように生きたいという言葉には、きっとそういった想《おも》いも込められていて、私も同じ想いを抱いているのです。


「ところで、フィリア。さっきの話の続きなんだが」

「はい」

「新たな教皇について誰が選ばれたのか聞いているか？　どうにもまだ発表されていないようでな」

「いえ……。私は何も聞かされてはおりません。ですがもう間もなく、エルザさんからお手紙がくると思います」

そう。私が次期教皇に指名された騒動が解決して、新たな教皇をクラムー教の本部で選定するという話になっていたはずです。

その話は私も手紙で知っていましたが、もうすぐ正式な発表がなされるでしょう。

「ふむ。なるほどな。いや、兄上が気にしていたから聞いただけなんだ。もしフィリアが何か知っているなら教えてほしいと、な」

「そうなんですね。わかりました。情報が入り次第、ライハルト殿下にお伝えしましょう」

「ああ。頼むよ」

オスヴァルト様は満足げに笑みを浮かべると、腕まくりします。

「よし！　じゃあ、そろそろ作業に戻るかな！」

「私もまだまだお手伝いしますすよ」

「あはは、助かる」

私たちは再び畑仕事に戻りました。

幸せです。私を愛してくれる人がいて、その人と結ばれて。

ですが、私は以前よりもずっと欲張りになっています。

もっとオスヴァルト様と色々な景色を見たいですし、二人でいろんな場所へ行ってみたいとも望むようになりました。

もちろん聖女として、この先も国のために力を尽くすつもりです。

それでも、たまにはそういう日がほしい。そんなことを考えるようになっていました。

◆

それから数日後。屋敷の庭でリーナさんに淹《い》れていただいた紅茶を飲んでいると、レオナルドさんが一通の手紙を手渡してきました。

「ダルバートよりエルザ殿からのお便りが届きました」

「……ありがとうございます」

私はティーカップをテーブルに置き、手紙を受け取ります。

エルザさんからのお手紙。おそらく内容は次期教皇についてでしょう。

封筒の表書きには『未来のオスヴァルト・パルナコルタ王子殿下夫人フィリア・アデナウアー様』と冗談めかして記述しているのが、如何《いか》にも彼女らしいと思いつつ封を切ります。

中には数枚の紙が入っていて、そこには簡潔にこう書かれていました。

――大聖女さん。お久しぶりね。元気にしているかしら？

新しい教皇を決める会議が終わったから約束どおり連絡するわ。

投票によってオルストラ大司教が選ばれた。

あなたも面識があるでしょ？　元退魔師であたしたち退魔師の直属の上司よ。

退魔師だった者が教皇になったのはクラムー教の歴史の中でも初めてのことね。

それと、余談だけどあなたに教皇になってほしいという意見も結構あったのよ。

あたしたちがあなたはそれを望まないからって断ったんだけど。

まぁ、それはいいとして。

もうすぐ結婚式なんだから体には気をつけなさい。

そっちの国の先代聖女は病気で亡くなったと聞いているわ。だから、くれぐれも無理はしないで。

体調が悪いと思ったらすぐに言ってちょうだい。

それじゃあ、また。エルザより——

「……エルザさん。相変わらずですね」

手紙を読み終えた私は彼女の優しさに触れて、自然と嬉《うれ》しくなりました。

ダルバートから帰ってくるときに別れて以来ですが、また会いたいです。

「そういえば……」

ふと先日のことを思い出します。オスヴァルト様から新教皇が決まったらライハルト殿下に伝えてほしいと頼まれていました。

「……ライハルト殿下にご報告に参りましょう」

私は立ちあがりました。

今日は先代聖女であるエリザベスさんの月命日。

おそらくライハルト殿下は執務室ではなく、あの場所にいらっしゃるでしょう。

「リーナさん。少しでかけるので、着替えを手伝っていただけますか？」

「おでかけですか～？　は～い。わかりました～」

「お願いします」

私はリーナさんとともに、身支度を整えるために部屋へと向かいます。

「フィリア様～。どこに向かわれるのですか～？」

「まずはお花屋さんに行きましょう。黄色のフリージアがあればいいのですが……」

「なるほど～。そういうことでしたか～」

部屋に着いたら、リーナさんは外出着を準備してくださいました。

私は手早く部屋着を脱ぎ、用意された服に袖を通します。

そうして、準備を済ませた私は馬車に乗り城下町へと繰り出しました。

◆

「フィリアさん。まさかあなたが今日ここにいらっしゃるとは思いませんでした」

「ライハルト殿下。お久しぶりです」

城下町で黄色のフリージアを購入した私とリーナさんは、先代聖女であるエリザベスさんのお墓を訪れました。

しばらくすると、予想通りライハルト殿下が来られたのでご挨拶をします。

殿下もまた花束を抱えており、婚約者であったエリザベスさんにお供えするためにこちらに来られているのでしょう。

黄色のフリージア――それはエリザベスさんが生前好まれていた花だと聞いています。

淡く光るライハルト殿下の金髪と、その慎《つつ》ましやかな黄金色の花びらはどちらも美しくも儚《はかな》いように感じました。

私たちは並んでお祈りを捧《ささ》げます。

「……フィリアさん。ここに来られたということは私になにか用事がおありなのでしょう？　遠慮なく仰《おつしや》っていただけませんか」

「実はオスヴァルト様より新教皇の件をライハルト殿下にお伝えしてほしいと言われまして」

「……なるほど。それでわざわざリズ、いえエリザベスのお墓参りを。すみません。お気を遣わせてしまって」

「そんなことはありませんよ。私がそうしたかっただけです」

「そう言っていただけると嬉しいです。エリザベスも喜んでいるでしょう」

ライハルト殿下は私の言葉を聞いて、安堵《あんど》された様子です。

それから私は本題に話を移しました。

「新教皇はクラムー教の本部にて行われた投票によってオルストラ大司教が選ばれました。かの大司教は退魔師たちのリーダーにあたる方です。エルザさんからとても優秀な人だと聞き及んでいます」

「そうでしたか……。これで教会の下部組織だった退魔師も正式な組織に生まれ変わるかもしれませんね」

「ええ。そうですね。その可能性は大いにあります」

手紙には、オルストラ大司教が選ばれたのは、アスモデウスの引き起こした神隠し事件が大きく関わっているとも書いてありました。

退魔師はこれまで教会の組織ではあったものの世間からは隠れて活動していましたが、これからは彼らも教会の一員として各国と連携して動くことになるかもしれません。

「あの、どうして次期教皇についてそこまで気にされていたのでしょうか？　遅かれ早かれ公式に発表される内容だと思いますけれど」

「それは……」

ライハルト殿下はなにか言いづらそうな表情をされています。

どうしたのでしょう？　私は首を傾《かし》げました。

「ヘンリー・オーレンハイム……いえ、私たちが知り合ったときは彼もまだエルクランツ家にいましたのでヘンリー・エルクランツと言ったほうが正確でしょうか。エリザベスとの馴《な》れ初《そ》めは彼の計らいに寄るものでした」

「……っ!?　そ、そうだったのですか？」

私は思わず声を上げてしまいました。

まさか、あのヘンリー元大司教がライハルト殿下とエリザベスさんを引き合わせていたとは……。いえ、彼はエリザベスさんの兄なのですから不思議ではないのですが、ヘンリーさんはかなり殿下を恨んでいたように見えたので驚きを禁じ得ません。

「だからこそ彼は、私が許せなかったのかもしれませんね。〝悪魔の種子〟――そう呼ばれている不治の病に冒されたエリザベスを救えなかった私を」

「………………」

私はかける言葉を失ってしまいました。

ライハルト殿下が、その責任感の強さゆえに苦しみ続けてこられていたのは知っています。その苦悩から立ち上がり前を向いて歩き出そうとしていますが、エリザベスさんを救えなかったことはまだ彼の胸のうちに大きく根を張っているようです。

「……フィリアさん。あなたのお陰で私はまた立ち上がれました。ありがとうございます。彼女が遺《のこ》した言葉を聞かせていただけて、私もようやく吹っ切ることができそうな気がしているのです」

「……殿下」

前教皇の遺言が偽物だったと暴いた次の日。私はエリザベスさんの魂を降霊術で呼び戻し、彼女の気持ちを兄であるヘンリーさんに伝えてもらいました。

その際、彼女の婚約者であったライハルト殿下についてもお話を伺ったのです。

彼女は自分のことよりもライハルト殿下のことを第一に考えていました。だから、私は彼女の遺志を殿下に伝えなければならないと思ったのです。

「話を教皇の件に戻しましょう。……私はヘンリーがエリザベスを失った悲しみによって引き起こしたあの一件に対して、最後まで見届ける義務があると感じていました。ですから、弟に頼んでフィリアさんから今回の話の行く末を知らせてもらおうとしたのです」

「そうだったのですね……」

ライハルト殿下はずっとエリザベスさんの死に向き合おうとされていたのですね。

それはきっと胸が苦しくなるような、重たい想いを秘めた行動でしょう。

「ご無理をして吹っ切られる必要はないと思います。ただ……殿下はもう少し肩の力を抜いてもいいのではないでしょうか？　エリザベスさんだってきっと殿下に辛い思いをしてほしくないと思っていらっしゃるはずですよ」

「そうですね。少しずつ、自分にできる範囲で向き合っていこうと思います。そして、これ以上同じ想いをする人が出ないように少しでも早く〝悪魔の種子〟の治療法を見つけられればいいのですが……」

〝悪魔の種子〟とは不治の病と呼ばれる病気の一つです。

発症すると徐々に衰弱していき、発作と言われる激しい咳《せき》と心臓の痛みが起こるようになり、最終的には死に至る恐ろしい病。

エリザベスさんはこの不治の病に罹患《りかん》していたとのことでした。

「一番よく効いたのはフィリアさん。あなたが開発した薬でしたね。ですが、その薬ですら彼女の寿命をほんの少し延ばす程度にしか効果がありませんでしたが……」

「ライハルト殿下、あの――」

「すみません。こんなことを言ってしまうと嫌味に聞こえてしまうかもしれませんね……。実際は感謝しています。フィリアさんの薬のおかげで彼女との時間をより長く過ごせたのですから」

殿下はそう言って微笑《ほほえ》まれます。

エリザベスさんとの思い出に浸っているのか、その笑顔はとても優しく、そしてそれ以上に悲しく感じられました。

〝悪魔の種子〟については情報がまだ少なく、私も研究はしているのですが有効な治療法を見つけることはできていません。

世界中の薬師たちも発作の頻度を抑えることが精一杯だと匙《さじ》を投げているのが現状でした。

ライハルト殿下の期待に応えたい気持ちはありますが、大破邪魔法陣や神の術式以上に実現することは難しいかもしれません……。

「さて、そろそろ私は行きます。オスヴァルトとの結婚式の準備。大変かと思いますが頑張ってください」

「はい。ありがとうございます」

殿下は最後にエリザベスさんのお墓を一撫《ひとな》でして立ち去りました。

残された私はしばらくその場に佇《たたず》み、エリザベスさんに祈りを捧げてから踵《きびす》を返します。

「ライハルト殿下は強い方です。でも……だからこそ、孤独を感じることがあるのかもしれません」

殿下は誰よりも心が強く、優しい方です。

そしてエリザベスさんがその命が尽きるまで守り続けたこの国を誰よりも愛して、自分に厳しく生きようとされています。

私はそんな殿下のことが心配なのです。

私だけではありません。殿下の弟であるオスヴァルト様も彼を想い、気をかけています。

「いつか……あの方の心の傷が癒える日が来ればいいのですが……」

「フィリア様～、ライハルト殿下とのお話は終わりましたか～？」

そんなことを考えていると、待たせていたリーナさんが声をかけてきたので、思考を中断します。

「ええ、もう大丈夫です。戻りましょう。お待たせして申し訳ありませんでした」

「いえいえ、気にしないでくださ～い。それでは戻りましょう～」

私たちは並んで歩き出し、屋敷へ戻るために馬車に乗り込みました。

第一章　売られた聖女の凱旋

chapter One

「〝悪魔の種子〟――やはり症例が多くないこともそうですが、圧倒的に情報が足りていないので特効薬を作るのは難しそうですね」

ライハルト殿下とお会いした翌日、屋敷の自室で私は研究資料を手に取っていました。

この病にかかる人間は男女問わず多く、年齢も十代から五十代と幅広い年代の方が発症しているようです。

「以前見たときと比べても目新しい情報はありません。……この病気を長年研究し続けている薬師もいないみたいですし、じっくり取り組むしかなさそうですね」

そんなことを考えていると、ノックの音が聞こえます。

一体どなたが来られたのでしょうか。

「オスヴァルト殿下がいらっしゃいました」

「オスヴァルト様が、ですか？」

レオナルドさんの言葉を受け、私は慌てて部屋を出て応接間に向かいます。

そこではオスヴァルト様がソファーに座って待っていました。

私と目が合うと彼は微笑《ほほえ》みかけてくれましたが、なんだか笑顔がぎこちないような気がします。

「オスヴァルト様、お待たせしてすみません。リーナさん、紅茶となにか甘いものをお出しください」

「かしこまりました〜」

私が頼むと、リーナさんは頭を下げて退室していきます。

「いや、俺がいきなりやってきたのが悪いんだ。すまんな、フィリア。ちょっと相談があってな」

「そうなんですね。なにか不都合なことでもございましたか？」

「いや、そういう話じゃないんだが……。まぁ、リーナが茶を持ってきてから話そう」

オスヴァルト様は少しだけ困った顔をしましたが、すぐにいつもの表情に戻りました。

一体、なんの用事なのでしょう……。

それからしばらく談笑しながら過ごします。

そしてリーナさんの紅茶が届いたころ、オスヴァルト様が話を切り出しました。

「フィリア、花嫁の付き添い役の話を前にしたの、覚えているか？」

「あ、はい。私には父親がいないので代わりに親族に頼むように、と。ミアが引き受けてくれることになりました」

花嫁とバージンロードを歩く付き添い役。

本来は父親がその役目を負うのですが、私の本当の父は亡くなっており、育ての父――つまりミアの父親はジルトニアで投獄されています。

ですから慣習に従って親族であるミアにお願いしたのです。

「ミア殿から返事はきたか？」

「ええ、喜んで引き受けてくれるとのことでした」

「ああ、そうだよな。うーむ、どうしたものか」

私の答えに彼は苦笑いを浮かべます。

どうやらなにか言い出しづらいことがあるようです。

「いや、すまない。話というのは大したことじゃないんだ。実は結婚式当日の付き添い役をミア殿ではなくヒルダ殿に頼めないか、という話でな」

「師匠にですか？　ミアですと、なにか不都合でもございましたか？」

「うーむ。不都合というほどの話ではない。パルナコルタ王家の結婚式のしきたりは厳密に言うと、父親がいない場合だと〝花嫁と一番血の繋《つな》がりが濃い〟人物を優先するらしいんだ。俺もそんな古い慣習は知らなかったんだが、形式を気にする役人や貴族もいてな」

そんなしきたりがあったとは……。

私も古代の魔法の知識などを覚えるのは好きでしたが、王室の結婚式は専門外。

付き添い役の決まりなどはまったく知りませんでした。

「つまりミアではなく、実の母親である師匠が最も付き添い役に相応《ふさわ》しいということですか」

「血の繋がりを意識するとそうなる。ヒルダ殿も結婚式に出席してくれるのだから、付き添い役でないのは不自然だろうと言われてな……」

確かに慣習を意識するなら、師匠がいるのにミアに付き添い役を頼むのは不自然かもしれません。

しかし、付き添い役の話が出たとき、しきたりを知らなかったとはいえ師匠に頼むという選択肢はなぜか思い浮かびませんでした。

それはやはり私が師匠のことを――。

「フィリアがヒルダ殿に頼み事がしにくいというのはなんとなく察している。だから無理にとは言わないが、一度頼んでみてはくれないだろうか？」

「……ええ、もちろん頼んでみますよ。それが慣習ならば従ったほうが良いに決まっていますから」

「フィリア……」

思えば師匠が母親だと知ってから、私がそれを意識して会話したことは少なかったかもしれません。

師匠も私に似て口下手なところがありますので、修行中も私的なことはあまり話したがりませんでしたし。

今、思い返すとそれが良くなかったのかもしれないですね。

私がもっと積極的に人とかかわろうとしていれば……人生も変わっていたかもしれません。

「そうしてくれると助かる。すまんな。無理を頼んでしまって」

「オスヴァルト様、大げさですよ。師匠に頼み事するくらい問題ありません」

私の心中をなにも言わずとも察してくれるオスヴァルト様。

この方は本当にお優しいです。そんな彼だからこそ私も信頼しています。

「フィリア様～、大丈夫ですよ～。ヒルダさんもきっと喜んで引き受けてくれるはずです～」

「リーナさん……」

リーナさんはニコニコして私を勇気づけてくれました。

そうですね……。師匠も嫌がりはしないと思います。

ですが、喜ぶ姿を想像することは難しいです。師匠ではしゃぐことはあるのでしょうか……。

「わかりました。大事なことですが、他国に行って長く時間を空けるわけにはいきませんので、さっそく手紙で――」

「連れて行ってあげましょうか？　あなたの故郷に」

「――っ!?」

私が言い終える前に聞き覚えのある声が聞こえました。

それは神隠し事件、そして偽物の教皇の遺言事件といった騒動を共に解決するために奔走した友人の声……。

「お久しぶりね。大聖女さん」

「やぁ、フィリアちゃん。久しぶり」

「え、エルザさん！　それにマモンさんも！」

そこにいたのはかつての退魔師とその使い魔であり、私の友人でもある二人。

エルザさんとマモンさんは、驚き振り返った私に笑みを見せました。

どうして二人がここに？　しかも私の故郷に連れて行ってくれるというのは、どういうことでしょう。

「お二人とも〜、ちゃんと玄関から入りました〜!?」

「リーナちゃん、相変わらず可愛《かわい》いリアクションだねぇ。僕ァちゃんと玄関前に扉を開こうって言ったんだぜ。だけどエルザ姐《ねえ》さんがフィリアちゃんの驚く顔が見たいって言うから」

「……まったく大聖女さんはいつも冷静なのね。これじゃあたしが子どもみたいじゃない」

「いえ、十分驚いていますよ。顔に出にくいだけです」

二人とのやりとりに懐かしさを覚えます。

不思議ですね。まだ前にお会いしてからそんなに間が空いていませんのに。

「それでエルザさん。今日はどのようなご用件でこちらに来られたのですか?」

「あら、用がなかったら来てはダメなのかしら?」

「そういうわけではありませんが、その……」

「冗談よ。新教皇の挨拶状を各国の聖女に送るという話になったから、あなた宛てのをあたしが直接持ってきたってわけ」

懐からエルザさんは一通の手紙を取り出します。

それを手に取り確認すると、差出人は新たに教皇となったオルストラ様。

「そうだったんですね。わざわざありがとうございます」

「まぁ、要するにエルザ姐さんがフィリアちゃんに会いに行く理由を見つけて嬉々《きき》としてこっちに来たっていうわけだ」

「……マモン。余計なこと言うと、どうなるかわかっているわね?」

「あ、姐さん！　剣はしまっとこうぜ！　まだ首斬りには時間が早すぎる！」

マモンさんの一言に、エルザさんはチャキっと音を立てて赤い半月刀《ファルシオン》を構えます。

このやり取りも毎度のことですね……。

「エルザさん。会いに来てくださって嬉《うれ》しいです」

「そ、そうかしら。……そうね、そう言ってもらえるなら来た甲斐《かい》があったかもしれないわ」

「……ええ、ありがとうございます」

私は素直に感謝の言葉を伝えます。

エルザさんは少し照れた様子で顔を背けながら、ファルシオンをしまいました。

よかった。皆さん、慣れているとはいえリビングに首が転がるというのは避けたかったですから。

それにしても――。

「私をジルトニアに連れて行く、と仰《おつしや》っていましたが……、それはもしや」

「ええ、ついでにジルトニアの聖女であるあなたの妹と母親。二人にも挨拶状を届けてあげようと思って」

「……なるほど、そういうことですか」

二通の挨拶状を見せながら答えるエルザさんを見て、私は納得します。

つまり彼女たちは付き添い役の話などは関係なく、最初から私をジルトニアに連れて行こうと考えて、ここまでやってきたということですね。

「エルザさん。ありがたいお話ですが、今回は見送らせていただきます。聖女が何度も国を空けるというのは……」

「まぁ、待て。フィリア、あなたはパルナコルタの聖女としてしばらく休息を取ってもバチは当たらない。大破邪魔法陣を使っても動けるようになってからというもの、毎日国のために奔走していただろう」

オスヴァルト様はそう言いながら私の肩に手を置きました。

私としてはいつもどおりの活動をしているだけで、特に忙しく動いているつもりはありませんが……そういえば、この国に来たばかりのときにリーナさんやレオナルドさんにも休むように懇願されましたね。

休むということが大事なのは理解したつもりですが、塩梅《あんばい》がまだよくわからないのです。

「フィリア様～、今度こそ休んでもらいますよ～。それにミア様やヒルダ様もきっと喜ばれるはずで～す」

「同感ですな。このレオナルドもフィリア様の心の安寧のため、そして一生に一度の結婚式を最高の晴れ舞台にするためにも、休むべきだと進言いたしますぞ」

リーナさんとレオナルドさんも説得に加わりました。

きっと以前の私なら耳を貸さずに動いたはずです。

ですが、今の私は、二人が私のことを想《おも》って言ってくださっていることを知っています。

「ふぅ、わかりました。ではお言葉に甘えて、少しの間だけ休暇を頂きましょうか」

私は皆さんの説得に応じることにしました。

なんだかこの国に来てからというもの、価値観がガラッと変わったような気がします。

「そうこなくてはな」

「フィリア様～！　ついに自らお休みを！　レオナルドさ～ん、旅立ちの準備をしましょう～！」

「ええ、もちろんですとも。リーナ、ヒマリにも手伝うように伝えなさい」

「は～い！」

私の返事を聞いて満足そうな笑みを浮かべるオスヴァルト様。

リーナさんとレオナルドさんはさっそく部屋を出て、旅の準備を始めようとしています。

「ですが、本当に国を空けても大丈夫でしょうか？」

「気にするな。国への貢献度やいつもの働きぶりから考えてもフィリアはまだまだ休み足らないくらいだし……それに未来の第二王子夫人が自らの結婚式のため、付き添い役を引き受けてもらえないかと交渉に行くのだ。公務って見方もできよう」

「公務ですか。オスヴァルト様は私の心が読めてしまわれるのですね」

「ふっ、なんとなくな。……それに、俺がヒルダ殿に改めて挨拶したいと思っているというのもある」

「えっ？　オスヴァルト様も付いてきてくださるのですか？」

「当たり前だろ？　俺はフィリアの夫になるのだから。義母《ははおや》にはきちんと挨拶したいと思っているさ」

そう言って微笑むオスヴァルト様に、私は頬が熱くなるのを感じました。

やっぱり、こういうことを言われると照れてしまいますね……。

「ということだ。エルザ殿、よろしく頼めるか?」

「ええ、構わないわよ。第二王子さんに愉快な護衛兼使用人たちも連れて行ってあげるわ。マモンが、ね」

「ったく、最近僕ァどうも乗り物扱いされている気がするんだなぁ」

そう言って唇を尖《とが》らせるマモンさんでしたが、表情は楽しそうです。

——こうして、私はオスヴァルト様やリーナさんたちと共に故郷であるジルトニアに行くことになりました。

◆

翌日、旅支度を終えた私たちは屋敷の庭に集まりました。

私とオスヴァルト様のほかに、リーナさん、レオナルドさん、そしてヒマリさんも一緒です。

「再びジルトニアに行くことになろうとは……」

「ヒマリさん。その節は妹がお世話になりました」

以前、ミアを守るようにヒマリさんにお願いしたことがありました。

その際、彼女はあちらの国に滞在していたのでどこか懐かしんでいる様子です。

「いえ、私は何も。主《あるじ》であるフィリア様のためにこの身を捧《ささ》げるのは当然のことです」

「ありがとうございます。あれから色々とありましたね……」

大破邪魔法陣を拡大するために訪れて以来、初めてのジルトニア。

あの時はパルナコルタの聖女になったのだから、もう二度と故郷の土を踏むことはないと本気で思っていました。

「さて、大破邪魔法陣に魔力を注入します。……私がここを空けても一週間は持つはずです」

「だが、大破邪魔法陣を形成しているマナとやらが不安定になるから連続して使用はできないんだっけか？」

「ええ、最低でも二ヶ月は空けないとなりません。以前ダルバートに行ってから十分に時間は過ぎていますから。今回は問題ありませんね」

私は大気中のマナを集める。そして、上空に手をかざして光の球体を作った。

「まるで太陽みたいね。魔力がとんでもない密度で凝縮されているわ」

エルザさんの仰るとおり、この光の球体は圧縮された魔力です。

これを今から一気に魔法陣に注ぎ込みます。

「行きます！　古《いにしえ》の魔法陣よ！　我が魔力を糧にして、あるべき姿を保て！」

小刻みに震える地響きとともに私の魔力は大破邪魔法陣に飲み込まれていきました。

屋敷の庭が一瞬だけ黄金の光を放ち、そして大地の震えは止まります。

これでしばらくは私が近くにいなくても魔法陣の効果は維持できるはず。

「ふぅ、さすがにこれは体力の消耗も激しいですね」

「フィリア、大丈夫か？」

「オスヴァルト様……、平気です。すみません。支えていただいて」

後ろからオスヴァルト様が支えてくださいます。

こうして助けてもらうのに遠慮がなくなったのはいつ頃からでしょうか……。

「フィリアちゃん、少し休んでからにするかい？」

「いえ、大丈夫です。問題ありませんから、このままよろしくお願いします」

「そっか、わかったぜ！　行き先はジルトニア——東の山岳地帯付近にある聖女ヒルデガルトの屋敷前だな！」

魔力を集中させているマモンさんの言葉に頷《うなず》くと、彼は禍々《まがまが》しい装飾が施されている転移扉を出現させます。

瞬時に任意の場所に移動できるこの魔法は悪魔にしか使えないものですが、やはり非常に便利です。

「よし、行くぞ」

オスヴァルト様の声をきっかけに全員が一斉に扉に入りました。

すると一瞬にして視界が変わり、目の前には立派な門構えをした古いお屋敷が現れました。

この景色、懐かしいですね……。

「なにを休んでいるのですか!?　魔力を集中させて走り続けなさい！　あと百周です！」

「はぁ、はぁ、死ぬわ……、私、多分今日死ぬと思う……」

「本当に死ぬ人間はそんなこと言いません！　口を開く余裕があるのでしたら、あと五十周追加です！」

「ええーっ!?」

屋敷の庭には重りをつけながらボロボロになって走っている妹のミアと、彼女を叱咤《しった》している師匠がいました。

二人とも、元気にしていて何よりです。

「懐かしい光景です。幼少時代を思い出しますね……」

「微笑ましいシーンなのか？　ミア殿、かなり辛《つら》そうにしているぞ」

私が修行時代を思い出していると、オスヴァルト様はミアの姿を見て苦笑いを浮かべています。

確かに今のミアの姿を見ると辛いのかもしれません。

ですが、あの特訓で基礎体力が向上すれば丸一日動いていてもまるで疲れない、聖女のお務めに適した体が手に入ります。

「あ、あれ？　疲れすぎて幻覚が見えているのかな？　はぁ、はぁ、フィリア姉さんが見えるんだけど……他にも、はぁ、はぁ、オスヴァルト殿下やエルザさんまで……？」

「ええーっと、本物よ。ミア」

私と目が合ったミアは驚き、突然の出来事に幻だと思ったようでしたが、私の言葉を聞くとすぐに嬉しそうな笑顔に変わります。

「フィリア姉さん！　びっくりしたー！　えっ？　本当にみんなでいきなり……どういうこと？」

「……フィリアですか。それにオスヴァルト殿下に皆さんまで」

こちらに駆け寄ってきたミアは状況が摑《つか》めず首を傾《かし》げています。

そして師匠も私たちに気づき、こちらに向かって歩いてこられました。

さすがは師匠。このような事態でも冷静です。

「ミア、そして師匠。お久しぶりです。突然大勢で押しかけて申し訳ありません」

「いいえ、あなたがこちらに来るということはそれなりの事情があるのでしょう。立ち話もなんですし、とりあえず中へどうぞ」

「うむ。ヒルダ殿、お気を遣わせてしまってすまない」

「殿下、フィリアとの婚約を聞いてまだなんのご挨拶もできておらず、申し訳ありません。……お気になさらずに、さぁ中へお入りください」

師匠は私やオスヴァルト様に軽く会釈すると屋敷の中へと案内してくれました。

どこか珍しそうに周囲を見渡すオスヴァルト様たちとともに、久しぶりの訪問に緊張を抱えながら、私も屋敷に足を踏み入れたのです。

◆

師匠の屋敷は使用人すらおらずミアと二人きりらしく、とても静かでした。

応接室に通されて待っていると、お茶の準備をしていた師匠が戻って来ます。

「相変わらず、お一人で屋敷の管理をしていらっしゃるのですか？」

「そうですね。今はミアもいますからあの子に料理などは任せています」

師匠は昔と変わらず若々しさを保っています。

私とよく似ていると言われる銀髪もそうですが、眼光の輝きは十年以上前からまったく衰えておらず、強い光を放っています。

現役を退いてからも鍛錬を怠っていないからなのか、聖女としての力は以前よりも向上しているとミアから聞きました。

自分にも厳しい方なのできっと見えないところで努力されているのでしょう。

「こうして師匠に淹《い》れていただいたお茶を飲むのも久しぶりです」

「パルナコルタのメイドさんの淹れるお茶と比べて随分と薄味でしょう？」

「ええ、師匠のお茶は魔力の流れを整えるための薬草を煎じていますから」

「……ふぅ、あなたが幼い頃はまだ母性があったのでしょう。いけないと思いつつも何度か教会から連れて帰ったことがあります。少しでもあなたにできることがないかと思い、このお茶を淹れていました。やはり他人の娘になっても、あなたが可愛かったのかもしれませんね」

師匠が懐かしそうに目を細めて笑っています。

私も師匠がそんな思いをしていたと知らなかったので驚きました。なぜなら――。

「フィリア様～、昔はこのお屋敷でお母様とどんなことをされていたのですか～？」

「えっとですね。ほとんど一日中修行ですね。寝ているときも負荷を与えられて慣れない頃は寝不足でした」

「「…………」」

私の言葉にリーナさんだけでなくオスヴァルト様たちも引きつった表情を浮かべています。

ですが、仕方がないことなのですよ。

それが、この屋敷では……師匠との日常では普通だったのですから。

「とりあえず、大聖女さんが退魔師の厳しい修行も真っ青なくらいの修行を課せられていたのはわかったわ。あなたの異様な精神力と体力はそこからなのね」

エルザさんは半ば呆《あき》れたように呟《つぶや》きます。

私が師匠の下で修行を始めたのが六歳の頃。

それからずっと聖女になるまでは厳しい特訓の日々でした。

今にして思えば、それも思い出として悪くないものになっています。

「あの頃はこの子を強く育てることが私にできる唯一の親らしいことだと思い込んでいましたからね。ですが、今考えると他にも手段はあったのかもしれません……」

師匠は少し後悔するように言います。

確かに私も当時は辛く感じていましたし、死と隣り合わせの特訓をしていたので苦しかったのも事実です。

でも、それだけではない。私は確かに沢山のものを手に入れていました。

「師匠……、それでも私は感謝しています。それにあなたが母親だと知ったとき、私は母から愛されていたのだと確信できました。それは何物にも代えがたい宝物《このちから》を手にしていたからです」

「フィリア……、あなた……」

私がそう言うと師匠は少し驚いたあと、微笑んでくれました。

今の私があるのは間違いなく師匠のおかげです。

それに敢《あ》えて厳しくするという師匠の辛さと比べれば、私の辛さなど比較にならないくらい小さなものでしょう。

「ふーん、悪魔の僕にはわからない感覚なんだなぁ」

「まぁ、人の愛情には色んな種類があるってことだ」

「第二王子さん、納得してるところ悪いけど人間であるあたしも理解が追いついてないんだけど」

「ふむ。エルザ殿もわからんか。だが、愛とは目に見えないものだからな。わからないのもまた普通なのではないか？」

「はぁ、大聖女さんの婚約者だけあって、あなたも中々の変わり者ね」

師匠と私のやり取りを見てオスヴァルト様は納得したように頷いていますが、他の方はそうでもないみたいです。

確かに私たちの関係は一般的な親子関係とは違うかもしれません。

でも、それでも親から与えられたものがあるというだけで、私にとっては十分すぎるほど幸せなことなのです。

「お待たせ、姉さん。恥ずかしいところ見られちゃったわね」

そこに着替えを終えたミアが戻ってきました。

修行で土埃《つちぼこり》だらけになってしまったので自室で新しい服に着替えていたのです。

「オスヴァルト殿下、それにエルザさんやリーナさんたちもお久しぶりです。姉がお世話になっています」

オスヴァルト様たちに挨拶をしたミアは師匠の隣に座りました。

彼女のまるで陽だまりのような明るい笑顔は誰の心も癒やす力を持っています。ミアが部屋に入ってくると、なんだか空気も明るくなったように感じます。

「ミア殿、元気そうでなにより」

「殿下、ありがとうございます。おかげさまで師匠の厳しい特訓にも耐えられるくらい元気にしています」

「はっはっは、それはよかった」

たった二回しかお会いしたことがないオスヴァルト様とも、もう冗談を言い合えるような関係性を築いています。

さすがはミアです。誰からも愛される彼女は、きっと聖女としてこのジルトニアの希望の光なのでしょう。

「それで今日は何の用事ですか？　また、何か問題が起きたとか？」

「いえ、師匠。問題というよりも私的な話になるのですが――」

「私的な話？」

ミアが席についたので雑談はここまでにして、本題に移りました。

「――なるほど。花嫁の付き添い役を私に、ですか。そういうことですね……」

「ええ、私自身パルナコルタのしきたりについて知らなかったので、ミアに頼んだのですが。血の繋がりが濃い実の母親である師匠が適任、という話になりまして」

「血の繋がり、ですか……」

師匠はピクリと眉を動かして、そのまま無言になってしまいました。

つい、この間まで伯母だと思っていた人が実は母親だった。正直に言うと私もまだ実感できていない部分はあります。

ですが、私は師匠と亡くなった父親の間に生まれた。その事実は自分のこれからの人生において大事な意味を持つはずです。

師匠に付き添い役になってもらうことも、きっと意味があるはず。私はそう思います。

「――わかりました。お受けしましょう」

「えっ？　師匠、受けてくれるのですか？」

正直に言って、師匠の性格を考えると一度くらいは断ると思っていましたので、驚きました。

もちろん、それで良かったのですが意外です。

「フィリア、あなたの晴れ舞台にケチをつけるような無粋な真似《まね》はしませんよ。わざわざオスヴァルト殿下まで来てくださったのですから、断る道理がありません」

「えー、じゃあヒルダお義母様《かあさま》。なんで勿体《もったい》つけて返事をしたんですか？」

「ミア、なにか言いましたか？」

「いえ、すみません」

ミアをひと睨《にら》みで黙らせた師匠は再びこちらを向きます。

その瞳はどこか悲しげで、遠い場所を見つめているように見えました。

「……それにあなたの結婚式を誰よりも楽しみにしているだろう、あの人の代わりを務めろと言われては断れませんからね」

「あの人、ですか？」

「ええ。付き添い役は本来は父親の役目なのでしょう？　きっと私が難色を示せば、遠いところから私を見ているカミル・エルラヒムは私を許さないでしょう」

カミル・エルラヒム——それが私の父親の名前だということは以前に聞いていました。

薬師をしていたが、自らも持病を患い私が生まれたころには余命幾ばくもない状態だったことも。

「お父様は許しませんか？」

「ええ、あなたが幸せになることを死ぬ直前まで願っていましたから」

父のことを語る師匠は寂しそうに見えました。

だから私も父についてほとんどなにも聞かず終《じま》いだったのですが、何故《なぜ》だか今日は好奇心が抑えられません。

「あの、お父様ってどのような人だったのですか？　前にも同じ質問をしましたが、できるだけ詳しく教えてもらえないでしょうか？」

結婚式が近付いてくるにつれて、自分が何者なのかふと意識する瞬間が増えました。

それは私の生い立ちが普通ではなかったからなのか、それとも別のなにかが関係しているのか。

それはわかりませんが、知りたいという気持ちばかりが強くなるのです。

「……そうですね。あなたがそこまで知りたいというのなら、私も話せることは話しておきましょう。今さら黙っておいても意味がありませんからね」

「師匠……」

「あの人は元々、北東の国――ジプティアの生まれです。ああ、そういえば。あちらの国にはルークという弟がいたと聞いています。フィリア、あなたの叔父にあたる人物です」

「ジプティアに、ですか？」

まさか父親が他国からジルトニアにやってきた移民だったとは。

しかし、ジプティアは豊かな国だと聞いていますし、どうしてこの国にわざわざ来たのでしょう。

それに弟がいたというのも初耳です。まさか私に叔父がいるなんて……。

「ジプティアと聞いてやはり意外そうな顔をしていますね。……そもそも彼がこの国にやって来たのは持病である〝悪魔の種子〟を治すための薬を開発するため、とある薬草を栽培する土地を探していたからしいのです」

「〝悪魔の種子〟……！　父もその病気を患っていたのですか!?」

師匠の言葉を聞いて驚きました。

〝悪魔の種子〟――パルナコルタの先代聖女エリザベスさんの命を奪った不治の病。

まさか私の父がその患者だったとは思いもしませんでした。

「フィリア、もしや兄上から話を聞いたのか？」

私の驚きようを見て、オスヴァルト様はライハルト殿下からエリザベスさんのことを聞いたと察したようです。

「フィリア、あなたの周りにも〝悪魔の種子〟を患った者がいるのですか？」

「はい。実はパルナコルタの先代聖女であるエリザベスさんもその病気に冒されて亡くなっていたのです」

「……なるほど。そういうことでしたか。あなたの父、つまり私の夫であるカミルは薬師としての生涯をかけて自らの体を実験台にして、不治の病である〝悪魔の種子〟の治療薬を作ろうと尽力しました。しかし、その甲斐もなく彼はこの世を去りました」

師匠は私をまっすぐ見つめたまま、自分の夫が悪魔と呼ばれる病と戦っていたことを教えてくれました。

「確か父とは師匠が聖女としてのお務め中に出会ったんですよね」

「ええ、魔物が出るにもかかわらず森の深くまで薬草を採取しにきていた彼と偶然出会いましてね。

彼はジプティアから自らの治療薬を作ろうと奔走しながら新薬を作り、また魔法の才能にも長《た》けていたので治癒魔法も駆使して、多くの人をひっそりと助けていたという変わり者です。そんな彼に惹《ひ》かれて私たちはいつしか夫婦になっていたのです」

「そうだったのですか……」

師匠の話を聞く限り、私の父親はとても立派な人だったのでしょう。

しかし、その後……彼女はそんな父と、ほぼ同時期に私まで失ってしまった。

悲しい思い出に繋がるから、師匠はこの話をずっとされなかったのだと思います。

少しだけ声を震わせて父の話をする師匠を見て、胸が締め付けられました。

「と、とにかくジプティアにフィリア姉さんの叔父さんがいるかもしれないっていうのは聞き流せない話よね？　ねぇ、そうでしょ？」

暗くなった雰囲気を察してかミアは努めて明るく振る舞い、そう口にします。

「確かにミア殿の言う通りだ。フィリアの叔父ならば、結婚式に招待しないわけにはいかないしな」

オスヴァルト様もミアに同調して、頷きました。

確かに私に父方の叔父がいたという事実にはびっくりしました。

さらにはその叔父はこの国でなく、異国にいるなんて想像もしていませんでした。

「ルークを結婚式に招待するのは難しいと思いますよ。私も彼の居場所についてはまったく知りません」

「でもでも、ルークさんならフィリア姉さんのお父様。つまりカミルさんのこともよく知っているでしょ？　姉さんはもっと自分のこと、知りたいんだよね？」

「ミア……、あなたは私の考えていることを読んでいるの？」

「えへへ、まぁね」

　父親であるカミルに弟がいると聞いたとき、父親の故郷がジプティアだと聞いたとき、私の胸は少しだけ高鳴りました。

　もっと知りたいという欲求が溢《あふ》れ出て熱い何かが背中を押しているような――そんな感覚になったのです。

「しかし、ルークさんを探そうにもジプティアに行くには――」

「まったく。あなたは人に頼るってことを知らないのね。あたしたちが連れて行ってあげるに決まってるでしょ？」

「なんなら今から扉を開けて連れて行ってやってもいいんだぜ。フィリアちゃん」

　私が黙っていると呆れ顔をしたエルザさんとマモンさんがそう言ってきます。

「いいのですか？」

「もちろんよ。あなたには教皇の一件で世話になっているし、借りは返さないと、ね」

「素直に数少ない友達の役に立ちたいって言えばいいのに。姐さん」

「はぁ？」

「おっと、僕ァ暴力反対なんだなぁ。姐さん、話が進まなくなるって」

軽口を叩《たた》くマモンさんを睨みつけるエルザさんでしたが、私は彼女の厚意が嬉しくて、思わず頬が緩みました。

「ありがとうございます。エルザさん。それではお言葉に甘えさせていただきますね」

「ええ、任せなさい。……それで出発はいつにする？」

「そうですね。エルザさんがよろしいのであれば今すぐ――」

「ちょっと待って！」

ミアが私の言葉を遮るように、大きな声を出します。

一体、どうしたのでしょう。私たちがジプティアに行くことに反対なのでしょうか。

「ど、どうしたの？　ミア？」

「……フィリア姉さん、せっかくこっちに来たんだしもうちょっとゆっくりできないかな？　せめて一日くらいはさ。あの方がフィリア姉さんに会いたいってきっと仰ると思うのよね」

「あの方？」

ミアの言葉に私は首を傾げました。すると、彼女は照れくさそうな顔をして、こう言ったのです。

「う、うん。……私の婚約者、フェルナンド・ジルトニア殿下だよ。実は今日、姉さんにそのことを伝える手紙を書こうと思っていたんだよね。私、フェルナンド殿下と婚約したんだ」

「フェルナンド殿下と婚約？　おめでとう。でも、先日会ったときはあなた、フェルナンド殿下に恋愛感情はないと言っていたような」

「フィリア様～。そんなの照れ隠しに決まっているじゃないですか～」

困惑している私に対してリーナさんがニコニコしながら言いました。

……なるほど。照れ隠し、ですか。そういうこともあるのですね。

どうもこういった話は不得手で鈍感にも気づかなかったとは、恥ずかしい限りです。

「姉さんは相変わらずだなぁ。……それでね。明日なんだけどフェルナンド殿下と食事をするから、よかったら姉さんとオスヴァルト殿下とご一緒したいなって」

「なるほど、そういうことでしたか。……オスヴァルト様、その――」

「ミア殿の婚約。なんともめでたいではないか！　もちろん、俺とフィリアからフェルナンド殿にも祝いの言葉を言わせてくれ」

「ありがとうございます。オスヴァルト殿下。じゃあ、姉さん。これで決まりね」

フェルナンド殿下とお会いするのは、かつてユリウスと私が婚約したときにご挨拶に伺ったとき以来です。

あの時は私に対して、あまり良い印象を持たれていないようでした。

私の愛想が悪かったからかもしれませんが、会話もほとんど続きませんでしたから。

ミアから聞くところによると以前と比べ、体調がよくなって見違えるほど活力に溢れるようになったとか。

そう考えると再びお目にかかる機会があって良かったと思います。

それにしても――ミアの婚約話を聞けて嬉しいです。

私は故郷に残してきた妹が、ミアが幸せになってくれることが一番の願いでした。

それが叶《かな》ったこともあり、私の故郷への憂いは消えたと言っても過言ではありません。

「では、フィリア。今夜はここに泊まりなさい。オスヴァルト殿下、あまり広い屋敷でなくて恐縮ですが部屋を用意いたしますので、そちらへどうぞ」

「ああ、よろしく頼む」

「お世話になります」

私たちは師匠に案内され、客室へと向かいます。

そして師匠の厚意で私たちは一晩、この屋敷で過ごすことになりました。

◆

次の日の朝。私とオスヴァルト様は、ミアに連れられ王宮へと向かっていました。

師匠の屋敷は山奥なので、山道を私たちは歩みを進めます。

「──ねぇ、フィリア姉さん。ルーク叔父様に会ったらどんなことを話そうと思っているの？」

「そうね。ご挨拶させてもらって、できればジプティアにいたときの父の話を聞かせてもらおうと思っているわ」

「そっか。そうだよね。……やっぱり実の父親だもん。気になるよね」

彼女は少し寂しげな表情を浮かべて呟きます。

どうかしたのでしょうか。いつも明るい彼女らしくありません。

「ミア、どうしたの？」

「ううん。なんでもないよ」

ミアはそう言うと、笑顔を作って私に笑いかけます。

しかし、その笑みはどこかぎこちないもののように感じました。

「……ふむ。フィリアが一番気にかけているのはミア殿だぞ。俺といるときも何度あなたの話を聞いたことか。実の姉妹でもこれほどまで妹を愛している姉はそうそういまい」

「えっ!?　そうなんですか？」

オスヴァルト様の言葉を聞いた途端、ミアの顔はとても明るくなりました。

確かにそれは事実ですが、今の話とそれがなんの関係があるのでしょう。

「……フィリアに付き添い役の変更を促したのは俺だ。昨日話したとおりパルナコルタ王室の古いしきたりでは血を重視しているのだ。だが、フィリアはミア殿のことを誰よりも近い存在だと思っている。安心するといい」

「は、はい。……すみません。お気遣い、ありがとうございます」

オスヴァルト様の言葉に安心したような笑顔で返事をするミア。

まさか、表情が暗かった理由というのは──。

「ミア、あなたもしかして付き添い役ができなくなったことを気にしていたの？」

「うう、だって姉さんが急に血の繋がりが近いお義母様を付き添い役にするって言ったんだもん。私は本当の妹じゃないから、いつか離れていくかもしれないって……」

「本当にそんな心配をしていたの？　大丈夫よ。あなたは大事な妹だし、親が違ってもそれ以上に強い絆《きずな》で結ばれた姉妹じゃない。少なくとも私はそう思っているわ」

ジルトニアにいたとき、私にとってミアだけが心を支えてくれる大事な妹でした。

私には両親に愛された記憶がありません。

だからこそ、ミアに対する想いはとても強いのです。

「うん。ごめん、フィリア姉さん。なんか不安になっちゃって。私らしくないよね？　あはは……」

「ミア、前にも言ったけどあなたは私の自慢の妹よ。もっと自信を持ちなさい」

「ありがとう……。姉さん」

ミアは照れくさそうな顔をしながら、はにかみました。

そんな彼女の様子を見ながら、オスヴァルト様は優しく微笑んでいます。

……もしかしたら、ミアはずっと苦しんでいたのかもしれません。

彼女の両親であり私の育ての親、アデナウアー夫妻はフェルナンド殿下暗殺未遂の罪で投獄されています。

そのことで彼女はきっと師匠の養女になった今でも負い目を感じ続けており、私が彼女から離れていくという不安に駆られていたのかもしれません。

「フィリア姉さんが私のこと大好きなのは知ってるのに急に変なこと言ってごめんね！　あ、それとオスヴァルト殿下、申し訳ありません。殿下の前で私ったら、本当に変な空気を作ってしまって。……お恥ずかしいです」

「気にするな。むしろ、ミア殿はもっとフィリアに甘えるべきだ。そうすればフィリアは喜ぶだろうからな」

「あはは、もう十分すぎるほど甘えていますよ。あっ！　こちらです。フェルナンド殿下が馬車を用意してくれているんですよ」

私たちはミアに連れられて、目的地に到着します。

するとそこには立派な馬車が止まっておりました。

「フェルナンド殿下が迎えの馬車を用意してくれたの。ヒルダお義母様の屋敷って山奥だからさ。オスヴァルト殿下、ここまで歩かせてしまって申し訳ありません」

「いいや、構わんさ。たまには運動しないと太ってフィリアに嫌われてしまう」

「わ、私はオスヴァルト様がふくよかになられても嫌いにはなりませんよ？」

「あはは、二人とも仲が良くて羨ましい。どうぞ殿下、中にお入りください」

ここからは馬車で会食場所であるジルトニア王宮に向かいます。

あの王城に行くのもまた久しぶりです。実に私がユリウスに婚約破棄を言い渡されて以来でした。

◆

しばらく馬車に揺られてやってきた、ジルトニアの王都にある宮殿。

馬車を降りると、フェルナンド殿下が出迎えてくれました。

長い茶髪を後ろで縛って、背筋を伸ばして歩いている彼の印象は、それだけで以前と全く違うように感じます。

「やぁ、久しぶりだね。フィリア、そしてミア。今日は会えて嬉しいよ。それにパルナコルタ第二王子、オスヴァルト・パルナコルタ殿。貴殿とお会いできて光栄に思う」

「お初にお目にかかる。フェルナンド殿。この度はお招きいただき誠に感謝いたす」

「ああ。だが、今回は公務でやってきたわけでもないのだ。堅苦しい挨拶は抜きにしよう。さぁ、中に入ってくれ。積もる話もあることだろう。さっそく食堂まで案内しよう」

フェルナンド殿下は私たちを引き連れて、ジルトニア王宮内にある食堂へと向かいます。

王宮内は国を出る前とそれほど変わっておらず、きらびやかな通路を歩くと私はあのときのことを思い出しました。

かつて私はここで、元婚約者である第二王子ユリウスに婚約破棄を言い渡され、隣国パルナコルタに聖女として売られました。

しかし、紆余《うよ》曲折《きょくせつ》を経て再びここに戻ってきました。

紆余曲折、そう言ってしまえば短い一言ですが、感慨深いです。

「ここが我が王城の食堂だ。すぐに料理が運ばれてくるから席についてくれ」

私たちはフェルナンド殿下の言葉に従って席に着きます。

私とオスヴァルト様が隣同士に、ミアとフェルナンド殿下が対面になるように座りました。

「すまないな。フィリアはこの場所に来るのは嫌だと思ったのだが、やはり王子であるオスヴァルト殿もいるとなると王宮でもてなす他は思いつかなかったのだ」

「いえ、そんなことはありません。ただ懐かしいだけです。本当に今はそれだけの感情しかありません」

確かにあの記憶は、いい思い出と呼べるものではありません。

しかし、いざこの場所に立ってみると悲しいなどそのような感情は一切なく……故郷の匂いを感じ、妙に落ち着くだけでした。

どうしてでしょう？　今が幸せだからでしょうか。

「そうか。なら良かった」

それにしても、ミアの言うとおりフェルナンド殿下は大きく変わられています。

以前はお体の調子が悪いからなのか、言動も卑屈な印象があり、近寄り難い雰囲気がありました。

しかし、今はとても親しみやすい方という印象を受けます。

ミアが言うには日々、魔物によって大きな被害を受けた民のために精力的に動き、ジルトニアの経済を潤すために奔走しているのだとか。

そして何より——。

私はフェルナンド殿下の隣にいるミアを見つめます。

彼女が彼に向ける眼差《まなざ》しには信頼のようなものを感じました。

「僕も随分と変わったものだろう？」

「えっ？」

「いや、以前フィリア。君に会ったとき、僕は君に冷淡に接してしまったな、と思ってね」

「……えっと、あのときは殿下のお体が悪く、仕方がないことだったと思います」

「だが、それでもだよ。僕は自らが弱いことを言い訳にして、君の優しさに甘えていただけだ。自分の弱さを他人のせいにし、他人に八つ当たりするなんて……情けない男だ」

「殿下……」

フェルナンド殿下は悔いておられます。

だからこそ、自分を変えようと努力してこられたのでしょう。

今の殿下は以前の殿下とは比べ物にならないくらい、その瞳の輝きは眩《まぶ》しく、そして強い意志を感じさせてくれます。

「君の妹……ミアのおかげで僕は変われた。変わろうと思うことができた。だが、遅すぎたとも思っているんだ。あのユリウスを野放しにしていた罪は重い。君が冷遇されていた責任は僕にも大いにある。今さらだと思うだろうが、謝罪させてくれ……。すまなかった、フィリア」

「フェルナンド殿下……」

私は殿下に頭を下げられました。

本来ならば、王子である彼が他国の者とはいえ、王族でもない私に謝ることはあり得ません。

ですが、彼は私に謝罪の言葉を口にします。

こうして頭を下げられた王族の方は……もう一人しか知りません。

私は隣に座っているオスヴァルト様のほうに視線を向けました。

彼もまた、私と初めて会った日に「聖女を買う」という結論を出したことを謝罪してくれました。

そういうお人柄だったから私は彼を信じることができたのです。

――本当に心の底から過去を悔やんでいらっしゃるのですね。

私は彼を見て、十分にその心の内が察せられました。

「お顔を上げてください。フェルナンド殿下」

「…………」

「ユリウスの一件は私にも責任があります。もっと私が強ければ、自分の主張ができれば、この国の方々の苦労は軽減できたはず。そう思っております」

「そんなことない！　フィリア姉さんは悪くないわ！」

「ミア……」

ミアが私の言葉に反論しました。

彼女はいつになく真剣な眼差しで私に語りかけます。すると――。

「まぁまぁ、ミア殿も落ち着いて。フィリアの言っていることも、フェルナンド殿の仰っていることも間違いではないはずだ」

「でも——」

「もちろん、ミア殿の気持ちもそうだ。それぞれ思うところがあってもいいではないか。俺もフィリアを買ったことを後悔していないと言えば嘘《うそ》になる。だが、今このときは確かに幸せだ」

　そう言ってこちらを見て微笑むオスヴァルト様。彼は再びミアに視線を合わせると、明るい声で続けます。

「だから、過去のことよりも今の幸せを大切にすることを一番に考えてみようじゃないか。フィリアもそう思うだろう？」

「ええ。たしかに過去の後悔はあります。それは覆しようのない事実です。でも、それ以上に今の幸せを考えていますよ」

「姉さん……」

「心配しなくて大丈夫さ！　だからフェルナンド殿とミア殿の婚約したというめでたい話を聞かせてくれ！」

「……ふっ、そうだな。今日はその話もしたかったのだ。食事をしながらゆっくり話そうじゃないか」

　大きく頷いたフェルナンド殿下にすすめられ、今度こそ穏やかな空気で会食がはじまりました。

「ミアの話していたとおり、オスヴァルト殿はまことに気持ちの良い人物だな。初対面にもかかわらず、僕は以前からの友のように思えるよ」

「はっはっは、それは光栄だな。よく兄上に距離が近すぎると叱責されるが、これが俺の性分だからな」

「ふむ、なるほど。しかし、僕はライハルト殿が羨ましい。いい弟君を持って――いや、忘れてくれ。とにかく君に会えて良かった」

ワインを口にしながらフェルナンド殿下はオスヴァルト様を褒め称《たた》え、彼もそれに嬉しそうに返しています。

フェルナンド殿下は随分と明るくなりました。

きっとミアと出会って自分の弱さと向き合うことができ、強くなられたのでしょう。

彼女も以前はフェルナンド殿下のことをあまり良く思っていなかったと言っていました。

ですが、今は違います。

フェルナンド殿下に対する彼女は、殿下を敬愛しているような……そんな態度に見えました。

「私の言った通りだったでしょう？　なんせ、あの姉が惚《ほ》れた男性ですからね」

「ミア、なにを急に言っているの？」

お酒を飲んで少し頬が赤らんでいるミアが急に私に話を振ってきました。

本当にいきなりだったので、思わず私の声も上擦ってしまいます。

「だって、本当じゃない。ねぇ？　フィリア姉さん」

「そ、それはもちろん。お慕いしているからこそ、オスヴァルト様にプロポーズしていただいたときは本当に嬉しかったわ」

「なるほど。では、やはりフィリアにとって、オスヴァルト殿はこの世で一番大切な人なのだな」

「ええ、はい。もちろんです」

「フィリア姉さん……、そこはびっくりするくらい素直なのね」

フェルナンド殿下の問いかけに即答する私を見て、ミアは微笑ましいような、呆れたような顔つきになりました。

えっと、あなたが会話を振ってきたのですよ。

「うーん、やっぱりお似合いだよね。フィリア姉さんたち」

「そうかしら？」

「私はね、フィリア姉さんを大事にしてくれる人なら、誰でも構わないの。オスヴァルト様は信頼できる人だし、初めて見たときからこの人なら姉さんを任せられるって勝手に思っちゃったの。……だから二人が結婚するのがとても嬉しいんだ」

「ミア……」

彼女はそう言うと私に笑いかけました。

本当に素敵な妹です。私はミアの笑顔を見て、心の底からそう思いました。

「ほほう。ミア殿からそこまでの信頼と評価を得ているとは知らなかったな。光栄だが、これは心してフィリアを幸せにせねばならぬな」

「ふふっ、オスヴァルト殿下。期待していますよ。フィリア姉さんのこと」

「はっはっは、任せておけ。俺はフィリアのためならなんだってできる」

「オスヴァルト様。ま、待ってください！　私はもう十分に幸せでございます！　これ以上のことは……」

彼が力の込められた言葉を発した瞬間、私は慌てふためきます。

すると、彼は大袈裟《おおげさ》に肩をすくめてみせたのです。

「フィリアよ。俺たちは結婚式を控えているのだ。まだまだ、俺たち二人の人生はこれからだろう？」

「これから……ですか？」

「ああ！　俺はフィリアと幸せな家庭を築きたいと思っている。これで十分だのとまだ言ってくれるな。俺はあなたには期待し続けていてほしい」

ほんの僅かだけ、はにかみながらオスヴァルト様はそう仰せになりました。

今よりももっと幸せに――そんなこと想像もできませんが、私が彼にずっと寄り添うことでそれが叶うというのであれば、これほど喜ばしいことはありません。

彼との家庭、というものに考えも及んでいませんでしたが、オスヴァルト様がそこまでの未来を見据えていることに心が大きく動きました。

「はい……。よろしくお願いします」

「ふっ、こちらこそだ」

私は彼の言葉にしっかりと返事をしました。

オスヴァルト様は満足そうな笑みを浮かべられています。

「うんうん、二人とも良い雰囲気だよ。これは私たちも負けられないですね。フェルナンド殿下」

「ミア……僕は君がまだプロポーズを受けてくれたことすら信じられずにいるのだが。まさか、酔っているのか？」

「失礼ですね。私は酔ってなどおりませ～ん。ほら、ちゃんと自分の足でも立っております」

呆れ顔をしたフェルナンド殿下の言葉を受けてミアはフラフラと立ち上がりました。

これは本当に酔っ払っているのかもしれません。

「それは見ればわかるが……はぁ。ミア、君はもう少し慎みを持った方が良いと思うぞ。僕が言えたことではないが」

「あはは、フェルナンド殿下に怒られちゃいましたね。まさか、最初に会ったときに説教したの根に持ってます？」

「ちょっと、ミア。あなた、フェルナンド殿下に説教などをしたの!?」

やはり酔っているらしいミアの発言に私は驚かされました。さすがに王族相手にそのような無礼を働いたなんて知りませんでしたから。

しかし、フェルナンド殿下はミアのそんな発言に楽しそうに笑っています。

「いや、それは気にすることではないので安心してくれ。あのとき、ミアが僕のことを一喝してくれたのは事実だ。しかし、そんな彼女のおかげで今の僕がある。この国がギリギリのところで滅亡を免れたのも彼女のおかげだと聞いている。感謝してもしきれないほどだ」

「そ、そうですか。殿下がそう仰るなら、良いのですが……」

その言葉からはフェルナンド殿下のミアに対する確かな信頼を感じ取れました。

この方の変化には、そのミアの無礼な一喝とやらが大きく影響しているみたいです。


「ところでフィリアとオスヴァルト殿はこのあとジプティアにいるフィリアの叔父とやらを訪ねに行くと聞いたが」

それからも雑談は続き、ワインのボトルが一つ空になった頃。フェルナンド殿下からジプティア訪問について尋ねられます。

おそらくミアが伝えておいてくれたのでしょう。

「ええ、結婚式を前にして、自分の父親がどんな人だったのか気になるようになりまして。もしも、わがままが通るなら父をよく知っているであろう叔父にも会っておきたいと思ったのです」

「フィリアのお父上……か」

「はい。私の父はもう亡くなってしまいましたが、もしかすると誰かに聞けば何か分かるかもしれない、と」

だからこそ、私はジプティアにも行ってみたいと思いました。

そして、できればそこで父のことについても調べていきたいとも。

「なるほど。そういうことだったか。叔父上が見つかるといいな」

「はい。お気遣いいただき、ありがとうございます」

私が頭を下げると、フェルナンド殿下は少しだけ微笑んでくれました。

それから彼は顎に手を当てて考え込むような仕草をします。どうしたのでしょう……。

私が不思議に思っていると、フェルナンド殿下はゆっくりと口を開きました。

「しかしオスヴァルト殿、あなたの婚約者はわがままを言っているつもりみたいだが、そうなのかな？」

「んっ？　はは、そうだな。確かに先程の言い回しは適当ではないな。……フィリア。父親について知りたいと思うのは当たり前の感情だ。決してあなたのわがままなどではない」

「そ、そうなのですか？」

「ああ。それに俺もあなたの父上のことを知りたいと思っている。こっちは俺のわがままかもしれんがな」

オスヴァルト様はそう言って笑いかけてくださいます。

そんな彼の表情を見て、私は胸の奥がきゅっと締め付けられるのを感じていました。

どんなときも、オスヴァルト様は私に優しい言葉をくれるのです。

まるで私の心の中にある氷を溶かしてくれるように……。

「では、この辺でお開きにしようか？　ジプティアに行くならば遅くなっては申し訳ない。確か、退魔師のエルザ殿が一瞬で国家間を移動する術を持っていると聞いたが……」

食事が一段落すると、フェルナンド殿下はそう切り出されました。

「ええ、そうです。エルザさんたちに連れて行ってもらう予定です」

「なるほど。……気をつけて行くといい。なにかあれば言ってくれ。僕で良ければ、できる限り力を貸そう」

「はい、ありがとうございます！　もし、なにかあればその時は頼りにさせていただきます」

フェルナンド様は私の言葉を聞いて柔らかな笑みを見せてくれました。

ミア、良い方と婚約しましたね。あなたの幸せを誰よりも願っているつもりですが——。

「あれぇ？　姉さん、もう帰るの？」

この子は顔を真っ赤にしてヘラヘラとはしたない表情をしています。

これではフェルナンド様に愛想を尽かされるかもしれません。

「ミア、あなたはいつまで酔っ払っているの？　セント・ヒール！」

「えっ？　す、すっかり酔いが覚めたわ！　えっと、姉さんのセント・ヒール。酔いまで覚ますの？」

「私のセント・ヒールは体のあらゆる異常を治す術式。つまり、酔いの原因を取り除くことも可能なのよ」

「さすが、姉さん！　初めてお酒飲んで、思ったより酔っ払っちゃったから、このまま帰ったらお義母様に怒られそうだなぁ、なんて思っていたけど良かったわ。ありがとう！」

ミアはそう言うと、立ち上がって私に抱きつきました。

まったく、仕方のない子です。

「ほう。すごいな、フィリア。今まで何度か一緒にお酒を飲んだこともあったが一度も俺には使わなかったから知らなかったよ」

「オスヴァルト様はこの子みたいに悪酔いしませんから」

「うう、姉さんとこうしてお互いの婚約者と食事できる日が来るなんて思ってもいなかったから。つい嬉しくて、飲みすぎちゃった」

ミアは随分と気まずそうな顔をしています。

確かに彼女とお酒を飲みながら食事をしたことはありませんでしたね。

まさか、こんなに羽目を外してしまうとは思わなかったですが……。

「フェルナンド殿、今日は楽しかった。また俺たちの結婚式で会えることを楽しみにしている」

「ああ、絶対に出席するよ。ミアと共に、ね」

オスヴァルト様はフェルナンド殿下と握手をして別れの挨拶を交わします。

「フェルナンド殿下、今日はお招きいただきありがとうございました」

「いや、こちらこそ楽しかった。叔父上が見つかるといいな」

そして私も挨拶をして、外で待ち合わせをしていたエルザさんたちと合流するために王宮を出ました。

◆

「で、どうだった？　食事会は楽しめた？」

王宮を出てすぐに、エルザさんが尋ねてきました。

マモンさんと一緒に王宮の近くにある木陰で待ってくださっていたみたいです。

「はい、とても美味《おい》しい食事と楽しいお話をすることができました。すみません、お待たせしてしまって」

「別に構わないわよ。あたしたちも今来たところだし」

「それならいいんですが……」

私はホッとして胸を撫《な》で下ろしました。

エルザさんも私と似て感情が表に出ないタイプなので、実は心配していたのです。

「ああ、そういえば妹さんに渡す手紙があったのを忘れていたわ。新教皇からの挨拶状よ。こっちはあなたのお義母さんの分」

そして彼女はミアの姿を確認すると、懐から取り出した封筒を彼女に差し出しました。

「あ、はい。ありがとうございます。わざわざ手渡しで……。あの、エルザさん。ちょっと折り入って頼みがあるのですが、あちらで聞いてくれませんか？」

「んっ？　何かしら？」

ミアは受け取った封筒を大事そうに抱えたまま、人通りの少ない路地裏を指差します。

「いえ、その……、ここでは話しづらくて。出来れば二人きりになりたいのです」

「ミア……？」

どうやら彼女はエルザさんに内緒話をしようとしているみたいです。

つまり、それは私には聞かれたくないということ。

そのような提案を彼女がするとは思わなかったので、不思議に思い私は首を傾げました。

「ふーん。まあいいわ。行きましょうか、マモン」

「なになに？　ミアちゃん。もしかしてデートのお誘――」

「違います」

「相変わらず速いなー、流石《さすが》は最速の聖女」

エルザさんはミアの言葉を聞くと、それを了承して、私たちから距離を取りました。

マモンさんも彼女たちの後ろを歩き付いていきます。

私はそんな彼女の態度に首を傾げてしまいました。一体、どんな話をするつもりなのでしょう。

「オスヴァルト様……」

「ま、俺たちに聞かれたくない話なんだろうが、問題ないだろ。ミア殿なんだから」

「そ、そうですね」

あっさりとそう結論づけるオスヴァルト様に私は苦笑してしまいます。

きっと私が知らないだけで、ミアはなにか抱えているのかもしれません。

でも、彼女が隠したいなら信じて見守るくらいでちょうどいいのでしょう。

ミアは私の自慢の妹で、その心は持ち前の正義感と優しさで満ち溢れているのですから。

しばらくして、ミアたちはこちらに戻ってきました。

「ごめんね、姉さん。待たせちゃって」

「いえ、大丈夫よ。それで、どうしたの？」

「うーん。まぁ、ちょっとね」

信じてみようと思ったものの、一応質問をしてみると、ミアは歯切れの悪い返事をして誤魔化そうとします。

やはり話したくないことみたいです。

それなら、これ以上の言及は止《や》めておきましょう。

「それじゃ、大聖女さん。行きましょうか。あなたの従者さんたちも後で迎えに行ってあげるから」

エルザさんが私にそう告げると、マモンさんは両手に魔力を込めていつものように扉を召喚しました。

「ええ、お願いします。……それじゃあ、ミア。今日はありがとう。食事会、楽しかったわ」

「うん！　私も楽しかった！」

「ミア殿、達者でな！」

「はい！　オスヴァルト殿下もお元気で！」

私たちは別れの挨拶を交わすと、マモンさんが作り出した転移扉へと、オスヴァルト様と共に足を踏み入れていきました。
そして、一瞬で辿《たど》り着いたのです。大陸の北東に位置するジプティアに――。

◇（ミア視点へ）

個性的な装飾の扉が開き、エルザさんたちとともにフィリア姉さんはジプティアへと行ってしまった。

聞くところによると名前しか手がかりがないとのことだったので、姉さんたちが叔父様を探すのは大変な道程になると思う。

「……さてと」

私もいつまでもこうしているわけにはいかない。

これから大切な仕事が残っているのだ。

「随分と寂しそうな顔をしているじゃないか」

「フェルナンド殿下……」

私が姉さんを見送ったあと、声をかけられた方へ振り向くと、そこには婚約者であるフェルナンド殿下が立っていた。

どうやら私の様子を見に来たらしい。

「本当は姉上について行きたかったんじゃないかい？」

「あはは、バレちゃいました？……正直言うと、その通りです」

「ミアはフィリアの助けになりたいんだろ？　聖女としてではなく、妹として」

「はい。だから、私は私に出来ることを精一杯やるつもりです。それが私なりの恩返しだと思っていますから」

そうだ。私はフィリア姉さんの役に立ちたい。

そのためにも私は、まずは目の前にある仕事を片付けなければならない。

私が姉さんについて行かなかった理由。それは私がこのジルトニアの聖女であるからだ。

私にはなさねばならない務めがある。

そう、私たち聖女はこの国を護《まも》らなくてはならない。だからこの国を簡単に離れるわけにはいかないのだ。

前はヒルダお義母様が私の分まで務めを果たしてくれたから、ダルバートまで助けに行けたけど、基本的には動くことはできない。

……だけど、やっぱり辛いものは辛かった。

姉さんの力になれないことが悔しくて仕方がなかった。

「ミア、君は君の信じる道を歩むといいよ。僕はそのためならなんだって協力しよう」

「あ、ありがとうございます。多分遠慮なく頼らせていただくと思います」

「ふっ、やっぱりな。任せてくれ」

フェルナンド殿下が楽しそうに微笑むのを確認した私は、ヒルダお義母様が待っている屋敷へと戻った。

◆

「――ということで、私もジプティアに行ってフィリア姉さんの助けになりたいんです！　ヒルダお義母様！」

「ということで、ではありませんよ、ミア。どうして私に相談するのです？」

「だって、ヒルダお義母様ならなんとかしてくれると思いましたから！」

屋敷に戻ってきた私は開口一番ヒルダお義母様にフィリア姉さんの手伝いをしに行きたい旨を伝える。

すると、案の定というかなんと言うべきか、ヒルダお義母様は呆れたようにため息をつくと、私の頼みに難色を示した。

うん。当然の反応だよね。この前、無理を聞いてもらったばっかりだし。

でも、やっぱり私はフィリア姉さんを放っておくことがどうしても出来なかった。

「あなたも聖女ならわかるでしょ？……なにを優先させるべきか」

「はい！　でも私は聖女である前に姉さんの妹ですから。教皇の後継者に選ばれたときと比べたら、小さいことかも知れませんが、それでも私は私の気持ちに嘘はつけないんです」

「……本当にそれだけですか？」

うっ、流石はお義母様。鋭いところをついてくる。

そうだ。最初からついて行きたいと思っていたなら、昨日のうちから私は騒いでいる。

今、こんな主張をしている理由は他にあった。

「私、嫉妬しちゃったんです。お義母様と姉さんのお父さんに」

そうなのだ。私が付いていきたくなかった本当の理由。

それは姉さんの家族に対して、いらない嫉妬心を抱いてしまったこと。

本当の姉妹じゃないからと、不貞腐《ふてくさ》れそうになってしまった。

でも、だからこそ私は――。

「フィリア姉さんは私のことをいつだって、本当の妹じゃないと知ってしまったときだって、変わらずに大切にしてくれました。だから、私もそんな姉さんにもっと信頼されたい。姉さんに必要とされる存在になりたいと思ったんです」

これは私の偽らざる本音だ。

そして、これが私にとっての最優先事項でもあった。

もちろんフィリア姉さんが私を大事に思っていることも、そんなことを望んでいないことも知っている。

でも、私はどうしてもフィリア姉さんに相応しい妹でいたいのだ。

「ミア……。あなたはフィリアと比べて随分とわがままなのですね」

「……すみません」

「いいえ、謝ることはありません。あなたのその感情は人間として当たり前のものなのですから」

ヒルダお義母様は懐かしそうに微笑むと、私を見つめる。

その表情は普段の厳しい彼女からは想像もつかないほど優しげなものだった。

「ねぇ、お義母様。もしもフィリア姉さんに実の母親だとまだバレてなかったら、自分が母親だと名乗り出ていましたか？」

「……そうですね。きっと名乗り出ていないでしょう。私はあの娘が奪われたときに、母親になる資格を失っているのですから」

「……」

「ミア、私はフィリアのことを愛しています。それは今でも変わりません。ですが、だからこそ私はあの娘と一定の距離を置こうと決めているのです」

ヒルダお義母様の言葉から強い意志のようなものが感じられる。

そこには愛情とともに悲愴感にも似たなにかが含まれているようで……。

「でも、お義母様……本当は嬉しかったんじゃないの？　フィリア姉さんが本当のことを知って。だってさっき姉さんがわがままを言って嬉しかったと言っていたもの」

「……」

私がそう指摘すると、ヒルダお義母様は少し困ったように目をそらした。

どうやら図星みたいだ。

「正直言ってそれはまだわかりません。私はあの娘の大事な時期に母親らしいことができなかったのですから。負い目がどうしてもあるのです」

「どうして?」

「どうしてって、わかるでしょ? フィリアがアデナウアー家で冷遇されていることを知っていても、私はあの娘に厳しい修行ばかりを課していたのです。それがあの娘にしてやれる唯一のことだと信じて……。私には母親の顔をする資格はありませんし、あの娘もそう思っているでしょう」

ヒルダお義母様は自嘲気味に笑う。

だけど、私には彼女の言葉が強がりにしか聞こえなかった。

なぜなら、私は知っているから。

彼女がフィリア姉さんに向ける視線がいつも慈しみに満ちたものだったということを。

だから、私はヒルダお義母様の言葉を否定せずにはいられなかった。

「それは違うと思います」

「どうしてそう思うのです?」

「フィリア姉さんはお義母様の厳しさが宝物だって言っていたじゃないですか。姉さんは嘘をつく人ではありません。だから、お義母様の厳しさは間違いなく姉さんのためだったんだと思います。確かに、歪《いびつ》かもしれませんが、フィリア姉さんは母の愛を感じていたとはっきり言っていましたよね?」

「……」

そう、昨日フィリア姉さんはお義母様の厳しい修行を愛情だと受け取ったと口にしていた。

彼女が母の資格がないと思っていても関係ない。フィリア姉さんは確かに彼女を母だと思っているのだから。

「ミア、あなたは本当に遠慮がありませんね」

「ふふ、もうなにもできなかったことを悔いたくないのです。……で、本当のところは師匠ではなくて、フィリア姉さんからお母様と呼ばれたくはないのですか？」

「そ、それは――」

私がそう尋ねると、ヒルダお義母様は頬を染めながらそっぽを向いた。

思ったよりも可愛い反応をしたので、私は思わず吹き出しそうになってしまう。

やっぱりヒルダお義母様も人の子なんだね。多分、それを言うと怒られそうだから、言わないけど。

「はぁ、まったく嫌な娘を持ったものです」

お義母様はそう言ってお酒の入った瓶を持ってきて、それを開けてグラスに注ぐと一気に飲み干す。

そして、少し間をおいて口を開いた。

「……ミア、あなたに頼めますか？」

ヒルダお義母様の問いかけに対して、私は力強くうなずく。

もちろん断るつもりなんて微塵《みじん》もない。

むしろ、私がやるべきことだと思ってわがままを言ったぐらいなのだから。

私も酒瓶からグラスにお酒を注ぐと、一気にあおる。

なにこれ……こんなにキツいお酒、どこで買ってきたの？　胃の中が沸騰するほど熱くなったが、私は顔にそれを出さずにヒルダお義母様の顔を直視する。

「はい、もちろんです。私に任せてください！　フィリア姉さんも助けるし、お義母様の願いも叶えますよ！」

私はそう宣言すると、再びお酒を飲んでいく。

あ、これノリで飲んじゃったけど酔っ払ったらまずいじゃないか。

またフィリア姉さんにセント・ヒールを使ってもらうわけにはいかないし……。

「で、この子を連れて行ってくれるお二人さん。そろそろ出てきてもいいですよ」

「あら、気配を消していたつもりだけど鋭いのね」

ヒルダお義母様がそう言って振り向くと、そこには見知った二人が立っていた。

もちろん、エルザさんとマモンさんである。

「ミアちゃん。約束どおり迎えに来たぜ」

「存外説得に時間がかかっていたから、待ちくたびれたわ」

「すみません。ちょっと色々ありまして……」

私はそう言って頭を下げる。

フィリア姉さんを見送る前に私はエルザさんに密《ひそ》かに頼み事をしていたのだ。

ヒルダお義母様から外出許可をもらってから、姉さんを追いかけたい、と。

説得を済ませた頃に迎えに来てもらって、ジプティアに連れて行ってほしいとお願いしたのである。

「いいってことさ。僕ァお姉ちゃん想いのミアちゃんが好きなんだなぁ」

「それで、説得は終わったのね？」

「はい。お義母様……私がいない間、聖女としてのお務めをお願いします」

私はヒルダお義母様に向き合って、深く頭を下げた。

お義母様は少し寂しげな表情を浮かべたが、すぐにいつもの厳しい顔つきに戻ると私に向かって告げる。

「任せなさい。ただし、あなたが戻ってきたら、特訓の量は増やしますからね」

「え、ええーっと、それは勘弁してほしいんですけど……」

私が弱音を吐くと、ヒルダお義母様は呆れ混じりに微笑んだ。

「まったく、情けないですね。それでも私の義娘《むすめ》ですか？　私を失望させないでください」

「うう、わかりましたよ。フィリア姉さんに負けない聖女になるくらいビシビシ特訓させてくださ い」

「ふふ、よろしい。……あと、これを持っていきなさい」

私がそう言うと、ヒルダお義母様は満足げにうなずいた。

そして、タンスの引き出しから何やら封筒を取り出して、こちらに戻ってくる。

「これは私の夫カミルが弟のルークに送ろうと遺《のこ》した最期の手紙です。宛先を書いていなかったから、居場所を見つける役には立たないと思いますが」

「うん。ルークさんを見つけたら渡しておくね」

「ええ、お願いします」

ヒルダお義母様は私がうなずくとその便箋を渡した。

どうしてフィリア姉さんに渡さなかったのかわからないけど……まぁ、いいか。

きっと忘れていただけだろう。

「ありがとうございます。では、私はこれで失礼しますね」

「気をつけるのですよ。あなたはそそっかしい子ですから、フィリアの邪魔だけはしないように」

私はヒルダお義母様の言葉に心の中で苦笑する。

そんなこと言われてもなぁ……。

そそっかしくて、冷静でなくなるときはあるが、流石に今回は大丈夫だと思う。

「ミアちゃん。準備できたかい？」

「うん、ばっちりですよ。お願いします。エルザさん、マモンさん！」

私はそう声をかけると、マモンさんが転移扉を開く。

そして、私はその扉をくぐった。

ジプティアは大陸の北東に位置する国です。広大な砂漠地帯には古代人が造ったとされる遺跡が数多く存在しています。

そのため、ジプティアでは考古学と魔法学の研究が盛んで、遺跡の調査をする冒険者が多く集まることでも有名です。

また、砂漠地帯のオアシスには希少な植物が自生しており、それらの素材を使った薬なども多く流通しています。

今、私たちがいる場所はジプティアの王都シェルロ。この国で最も人口が多い街です。

「ジプティア――初めて来ましたが、どこか懐かしい雰囲気を感じます」

私はそう呟《つぶや》いて、街の景色を見渡しました。

多く人々が行き交っており、活気に満ち溢《あふ》れています。

「懐かしいと感じるのはフィリアの父上がこの国の生まれだからではないか?」

「そうかもしれませんね。血が覚えているのかもしれないです」

「ああ、きっとそうだ」

オスヴァルト様の言葉にうなずき、視線を前に戻すと、エルザさんたちがリーナさんたちを引き連れて扉から出てきました。

「フィリア様～、お待たせしました～」

「ここがフィリア様の父君の故郷ジプティアですか。なるほど、噂《うわさ》どおり暑いですな」

「情報収集でしたら、この私にお任せあれ。必ずやお役に立ちまする」

リーナさん、レオナルドさん、ヒマリさんの三人はやる気に満ちた様子でこちらに歩いてきます。

三人ともとても頼りになる人たちです。

「それじゃあ、さっそくルーク殿を探すとしよう！」

「そうですね～、私も頑張っちゃいますよ～！」

オスヴァルト様の言葉に答えるようにリーナさんは笑みを浮かべて、腕を振り上げます。

私もやる気はありますし、すぐに動きたいという気持ちはあります。……ですが、一つだけ問題があるのです。

「どうやって？」

「へっ？」

「だから、ヒントはルーク・エルラヒムという名前しかないのよ？　適当に一番人口の多い王都に来たけど、どこにいるのかまるで見当もついていないんだから」

「…………はっ！　そうでした～!!」

淡々とした口調で現状を説明するエルザさんの言葉を受けてリーナさんは頭を抱えます。

そうなんですよね。エルザさんの言うとおり、名前だけでは見つけるのはかなり骨が折れそうです。

ただ、実はヒントはそれだけではありません。

もう一つだけ、叔父を特定するのにあたって重要な手がかりがあります。

「父、カミルは治癒魔法が使えたと聞いています。魔法を使える人物で薬師だったという者はそう沢山いないはずです」

「なるほど。カミル殿から当たれば、その弟であるルーク殿の居場所もわかるかもしれないというわけか……」

そもそも魔法を使える人材は少ない。

それならば王都のどこかに父を知り、叔父のことを知る者がいる確率はそう低くないと、私は思っています。

確かに手がかりは少ないですが、不十分と言うほどではないのです。

「となると、この国には確か魔法研究所がありましたな」

レオナルドさんは顎に手を当てながら言いました。

彼の言うとおり、この国は古代遺跡の調査が盛んですが、それを探るのと同時に魔法の研究も進んでいると聞いています。

確かにそこならヒントはあるかもしれませんね……。

「父カミルは薬師でした。教会とも繋《つな》がりがあったかもしれませんので、私は王都の教会に行こうと思います」

「ふむ。ならば二手に分かれるか？」

私の言葉を受けてオスヴァルト様は提案をしてくれました。

確かにそれが効率が良いと思います。

「それでは――」

「あたしとマモンはこの国に駐留している退魔師に話を聞いてくるわ」

私が声を出したのと同時にエルザさんが、被《かぶ》せて提案をされました。

なるほど。この国にも退魔師が住んでいるのですね。

それなら、なにかしらの手がかりを知っている可能性はあります。

「そういうことか。よし！　俺とフィリア、そして護衛役としてヒマリ。俺たちは王都の教会へ行く。レオナルドとリーナ。二人はその研究所とやらに向かってくれ。三手に分かれてルーク殿を探そう」

ここまでの話を聞いて、オスヴァルト様が指示を出してくれました。

私たちはそれぞれ、その言葉に従って行動を開始します。

――叔父ともし出会えたらなにを話しましょう？

少しの緊張を抱えながら、私は教会へ足を進めました。

◆

「やはりジプティアの街並みはパルナコルタと随分違うな」

興味深そうにオスヴァルト様は呟きました。

まず、パルナコルタよりもジプティアのほうが暑いです。

ジプティアは砂漠地帯に近いことが大きな要因と言えます。

なので、街の人々は薄着の方が多いのです。

それに、この国は日差しが強いので日焼けをされた人たちがほとんどみたいです。

商店に並ぶ商品も私たちの国とは違ったものが目立ちました。

特に砂漠地帯のオアシスにある素材を使った薬などが多いとのことですが、本当に珍しいものばかりで、私でも初めて目にする薬も並んでいました。

また、街を行き交う人々の中には旅装の方々も多く見られます。

おそらく冒険者や行商人でしょう。

私たちが今歩いている通りを、こうして眺めているだけで飽きません。

「おっとすまない。ルーク殿を探すためにも立ち止まっている暇はないな」

「いえ、気にしないでください。私もジプティアは初めて来ましたから、色々と興味深いです。とても良い所ですよね」

「……そうだな。俺も同じことを考えていたよ」

私の言葉を耳にしてオスヴァルト様は優しく微笑《ほほえ》みます。

――お互いに同じ気持ちを抱いていたのですね。

「なんだったら、ここも新婚旅行先の候補にするか？」

冗談めかしながらオスヴァルト様は言いました。

やはり彼と過ごす時間は心地よいです。

「それもいいですね。オスヴァルト様……」

「そうだろ？　また選択肢が増えて迷ってしまうが、な」

そう言いながらオスヴァルト様はそっと手を差し出します。

私は自然とその手を握り返していました。

彼の手は大きくて温かくて安心感を与えてくれる。

きっとこの人と一緒にいれば大丈夫だと思わせてくれるような不思議な力があるのです。

私とオスヴァルト様はしっかりと指を絡めて歩きます。

「人通りがまた多くなってきた。異国の地ではぐれるといけないからな」

少しだけ照れくさそうにはにかむ彼を見て、私もつられて笑ってしまいそうになりました。

そして、彼から伝わる体温が愛《いと》おしくて、私は思わず握る手の力を強めてしまいます。

すると、彼は驚いたようにこちらを見つめてきました。

「大丈夫ですよ。オスヴァルト様――私はこの手を離しませんから」

「……そうか。ありがとう」

「どういたしまして」

オスヴァルト様はその琥珀《こはく》色の瞳を細めて笑います。

私はそれを見届けてから視線を前に戻しました。

なぜ、こんなにもまた新鮮な気持ちになれるのでしょうか。

こうして、心が満ち足りた時間を過ごすことができるのは、この人の隣にいるからだと思います。

「ですが、仮にはぐれても平気ですよね？　ヒマリさんが後ろから見守ってくれてますし」

「……はは、流石《さすが》にバレるよな。すまない。今こうしているのは俺がフィリアの手を握りたい。そう思っただけさ」

唐突にそんなことを言われて私の心臓は跳ね上がりました。

そういえば、私はなにも考えずに彼の手を握っています。

オスヴァルト様の言葉を受けて私はなんだか気恥ずかしくなって、頬が熱くなりました。

「そ、そうだったんですか？　ええーっと、あ、ありがとうございます」

「なぜ、お礼を言うんだ？」

「なぜでしょう？　わかりませんが、つい自然と口に出してしまいました」

「そうか。相変わらず可愛《かわい》らしいな、フィリアは」

オスヴァルト様はそう言って笑うと、繋いだ手に少し力を込めます。

その言葉と行動が再び私の胸を高鳴らせました。

そして、同時に幸福感を与えてもくれるのです。

こうして異国の地を落ち着いて歩いていられるのも、彼が傍らにいてくれているからかもしれません。

◆

大通りを抜けた私たちは、王都の中心部にある教会へとやってきました。

ジプティアの教会はパルナコルタにあるものと大きな違いはありません。

ただ、建物の装飾の色合いが暖色系で豪奢《ごうしゃ》なものになっています。

「パルナコルタの教会も趣があっていいが、こちらの教会も美しいな」

「ええ、とても。ルークさんに繋がる情報があればよいのですが」

「オスヴァルト殿下、フィリア様、中に入る許可を得て参りました」

「うむ。相変わらずヒマリは仕事が早いな」

教会にて薬師で治癒魔法の使い手でもあった、カミルさんの情報を聞き出すことができないか。

その交渉をヒマリさんにしてもらっていましたが、どうやら許可をもらえたみたいです。

教会の応接室に通された私たちは、椅子に腰を落ち着けます。

「これはこれは、パルナコルタより遠路はるばるようこそおいでくださいました。大聖女様、そしてオスヴァルト殿下。私はヤイム。この教会にて司教を務めております」

ヤイム司教と名乗る壮年の男性は私たちにお茶を出してくれたあと、向かい合うようにして座りました。

「ヤイム司教、突然の訪問を快く受け入れてくれて感謝する。それで、単刀直入に聞くがカミル・エルラヒムなる薬師を知っているか？　二十年以上前になるがこの国で薬師をしており、治癒魔法も使えた者なのだが」

「カミル・エルラヒム……懐かしい名前ですな。まさか、他国の王子であるオスヴァルト殿下からその名を聞くとは思ってもみませんでしたが」

オスヴァルト様は早速とばかりに私の父親について尋ねます。

その問いに対して、彼はどこか悲しげな顔をして目を伏せました。

「ということは、知っているのか？」

「ええ、私は若い頃カミルと友人と言ってもよい間柄でした。彼は治癒魔法も天才的な才覚がありましたが、勉学に励みこの国でも有数の薬師となったのです。仰《おっしゃ》るとおり二十年以上も昔の話ですがね。……しかしまたどうしてカミルの話を？」

「あの、父親なんです。カミル・エルラヒムは私の父でして」

「そうでしたか。カミルが大聖女様のお父上………って、えええーっ!?」

私の返答を聞いたヤイム司教は何度かうなずいた後に、目を見開いて大声を上げました。

確かに普通に考えると私とカミルに接点はないので驚くのは無理からぬことです。

「あ、すみません。驚かせてしまって」

「お、驚いてなど……、ううむ、いや驚きましたな。まさかあのカミルが大聖女フィリア様のお父上とは」

どこか昔を懐かしむような顔をしているヤイム司教。

どうやら父とはかなり親しかったみたいです。

「カミルは病を患っておりましてな。元々あまり丈夫ではありませんでしたが、不治の病とされておる〝悪魔の種子〟を患ってしまい――その治療法を探そうと旅に出たとは聞いていました。しかし音沙汰がないので亡くなったものかと」

「ええ、亡くなりました。私が生まれたのちすぐにと、師匠、いや母から聞いています」

「そうでしたか……、やはり」

司教はそう言って俯《うつむ》きました。

父がいなくなってからも気にかけてくださっていたようですね……。

「司教、カミル殿にはルークという弟もいたと聞いている。俺はフィリアとルークを引き合わせてやりたいと思っているのだが、居場所を知らぬか？」

「ルークですか？　ええ、彼のことも知っておりますとも。彼は王都の外れに住んでおります。地図を描いて差し上げましょう」

「えっ？　地図まで描いていただけるのですか？」

「もちろんですとも。少し待ってください」

そう言ってヤイム司教は紙とペンを用意すると、さらりと地図を描いてくれました。

「フィリア、よかったな」

「ええ、こんなに早くわかるとは思いませんでした」

予想外にもあっさりとルークさんの居場所が判明したので、私とオスヴァルト様は思わず顔を見合わせてしまいます。

「ありがとうございます。では、こちらに行ってみます」

「司教、色々と時間を取らせてもらってすまない。感謝するぞ」

「構いません。ただルークなのですが……もともと国一番の薬師だったのですが、最近は体調が芳しくないのか薬師を廃業して隠居生活を始めたようです」

「ルークさんが隠居生活……、体調が芳しくない」

最後にヤイム司教が言い残した言葉に私は若干、頭に引っかかるものがありました。

ルークさんは生きているが健在ではない？　おそらくそういうことでしょう。

「フィリア、どうする？　このまま、ルーク殿に会いにゆくか？」

「いえ、それは明日にしましょう。リーナさんたちと合流して話も聞きたいですから」

私はオスヴァルト様にそう告げて、教会を後にすることにしました。

ルークさんは思ったよりも有名人みたいですから、リーナさんたちも何らかの情報を摑《つか》んでいるかもしれません。

◆

教会を出てしばらく歩くと、大きな宿泊施設にたどり着きました。

ここが、皆さんとの集合場所に指定したホテルです。

その外観は豪華絢爛《ごうかけんらん》という言葉がよく似合うもので、まるでお城のようでした。

ジプティアは観光業も盛んなので、このような美しい宿泊施設が多いみたいです。

中に入ると、ロビーにはたくさんのソファが並べられており、そこで寛《くつろ》いでいる方々の姿も見受けられます。

「あっ！　フィリア様〜！」

すると、私を見つけたリーナさんが駆け寄ってきました。

「すみません。遅くなりまして」

「いいえ、大丈夫ですよ〜。それより、ルーク様の情報。手に入れましたよ〜」

リーナさんはニコニコしながら嬉《うれ》しそうに語り始めます。

やはり、ルークさんは有名だったみたいですね。

「オスヴァルト殿下、エルザ殿たちはまだ着いていませんが、どうします？」

「んっ？　そうだな。とりあえずお前たちが仕入れた情報を教えてくれ。……フィリア、それでいいか？」

「はい。問題ありません」

私たちは五人で空いている席に腰掛けて、話を聞くことになりました。

「まず、ルーク・エルラヒムという人物についてですが、彼の評判はかなり高いものですな。薬師としては国内一の評価を得ています。魔法も兄のカミル殿以上に得意だったようで、魔法研究所もよく協力を依頼していたようです」

魔法研究所に協力していたという話は初耳ですね。

国内一の薬師という評判はヤイム司教の言葉と一致しています。

「……でも最近は体を悪くされて、薬師をやめちゃったみたいですね～。そこは心配です～」

やはりルークさんの体はかなり悪いみたいです。

父の話どころではないかもしれません。

「あら、みんなもうお揃《そろ》いだったみたいね」

「僕らは寄り道したから仕方ないんだなァ」

そのとき、エルザさんとマモンさんの二人がやってきました。

これで、全員集合――のはずなのですが、彼女らの背後にいる人物を見て私は目を疑います。

「ミア、どうしてそこにいるの？」

「えへへ、フィリア姉さん。来ちゃった」

そう、ジルトニアで別れたはずのミアが立っていたのです。

若干気まずそうな表情を浮かべるミアに、私たちも困惑してしまいます。

「来ちゃった、ではないでしょう。お務めは？　師匠には了承を取ったの？」

「嫌だなぁ、姉さん。さすがに私もヒルダお義母様《かあさま》に無断でここまで来たりしないよ。ちゃんとお義母様の許可も取ってるもん」

「そ、そう」

驚きました。まさか、あの厳しい師匠がこんな勝手を許しているとは……。

ミアは一体どんな話をして師匠を説得したのでしょう。

「それより、姉さん！　私たち、ルークさんの居所突き止めたよ！」

「…………」

彼女がその言葉を口にしたとき、私たちは思わず顔を見合わせてしまいました。

どうしましょう。ルークさんの住所は私たちもリーナさんたちも既に知っているんですよね。

でも、得意満面の彼女にそれを伝えるとがっかりするかもしれません。

ここは知らないふりをしてあげるべきでしょう。

「ミア、ありがとう。助かったわ」

「ふふん。どういたしまして。良かったわ。さっそく、姉さんの役に――」

「では、みんなルークさんの居場所を突き止めたんですね～。やっぱり有名人なのでしょうか～？」

「り、リーナさん？　そ、それは……」

「えっ？　みんな知っていたの？」

知らなかったフリをしたのですが、リーナさんがあっさりと皆が知っていることを口にしてしまいました。

ミアはその言葉を聞いて、恥ずかしそうに顔を赤くします。

「残念だったわね、妹さん。最新の情報じゃなくて」

「うう、傷口抉《えぐ》るのやめてください。エルザさん」

エルザさんは意地悪な笑みを浮かべて、ミアをからかっています。

ミアの恥ずかしがる様子が微笑ましくて、なんだか温かい空気になりました。

「エルザ殿たちはこの国に駐留しているという退魔師のところに行っていたんだよな？　他にルーク殿についてなにか聞いているか？　例えば、交友関係とか」

少し緩んだ空気を引き締めるように、オスヴァルト様はエルザさんたちに追加情報がないか尋ねます。

確かに人や立場が違えば得られる情報も変わってくるかもしれません。

「ええ、その退魔師は長くこの国にいるから、兄であるカミル。つまり大聖女さん。あなたのお父さんのことも知っていたわよ」

エルザさんはそう言って、私の父の名前を出します。

父カミルは〝悪魔の種子〟を患ってから、自らの病を治すために故国を出て旅立ち……ジルトニアまでやってきたと師匠やヤイム司教から聞かされました。

この国で彼は一体どのような人物だったのでしょう。

「カミルって人は幼少の頃から体が丈夫ではなかったみたいよ。でも、頭が切れる人だったみたいで、優秀な薬師として名を馳《は》せていたらしいわね。ルークもそんな兄を尊敬して薬師になったらしいわ」

父のことをエルザさんは淡々と語ってくれています。

どうやら、父の存在はルークさんの人生にも大きく関わっているみたいです。

「私、ルークさんに共感しちゃったのよね」

「ミア……？」

「だって私が聖女になろうって決めたのは、フィリア姉さんが聖女として頑張っていた姿を見たからだもの」

ミアは照れ臭そうに頬を赤らめて、私を真《ま》っ直《す》ぐに見つめてきます。

そういえば、以前もそんなことを言っていましたね。

彼女は私の後を追いかけるために聖女になることを決意した、と。

そのときは、なんだか嬉しくなって、彼女の頭を撫《な》でたことを覚えています。

「ごめん。話が脱線しちゃったね。ルークもお兄さんを尊敬していたから、カミルさんが国を出てからも独自で〝悪魔の種子〟の特効薬を研究し続けていたみたいなの。でも――」

「今は体調が悪くて隠居中。ここまでは聞いているでしょ？」

私はこくりと小さく首を縦に振りました。

ルークさんの体調がどれほど深刻なのか、それを想像すると胸が痛いです。

「あと、姉さん。これはお義母様から、姉さんへって。カミルさんの遺《のこ》したルークさん宛ての手紙だよ。……だからフィリア姉さんのお父さんの遺品でもあるんだけど……」

「師匠がこれを？」

父の遺した手紙……？

どうしてこれを私に渡すようにミアに頼んだのでしょうか？　渡すのでしたら、私がいるときでも良さそうなものです。

――師匠はこれを渡すのに躊躇《ちゅうちょ》していた？

いえ、そんなことを考えても仕方ありませんね。

「ありがとう、ミア。明日、ルークさんと会うことができたら渡さないといけないわね」

「うん。お兄さんの遺した手紙だからルークさんもきっと喜んでくれるよ」

ミアの言葉を聞いて、私は自然と頷《うなず》いていました。

ルークさんにとって、この手紙は大きな意味があると思います。

大勢で押しかけるのもご迷惑だろうということで、ルークさんのところには私とオスヴァルト様とミアの三人で行くことになりました。

◆

「ごめんね。フィリア姉さんはオスヴァルト殿下と同じ部屋が良かったよね？」

「もう、ミアったら。そんなこと言ってはいけませんよ。まだ私たちは結婚していないのですから」

ジプティアの中でも随一の高級宿泊施設の最上階。

部屋の中は広く、調度品の数々はどれも高価そうで、とても素敵です。

ミアはソファーに腰かけて足をパタパタさせながら、悪戯《いたずら》っぽい笑みを浮かべていました。

「ふふっ、そうだよね。でも、なんだかフィリア姉さんと一緒にいると安心するんだ。やっぱりいなくなって、寂しかったからかな？」

「ミア……」

――ミアと離ればなれになったときのことを思い出すと今でも胸が締め付けられます。

彼女も私にとって大切な家族でした。いえ、今となってはそれ以上の存在と言えるでしょう。

ミアがいなければ、きっと私はジルトニアにいたとき、既に折れていたかもしれません。

誰からも愛されない。そう思っていた私を救ってくれたのもミアだったのですから。

「……ねぇ、ミア」

「うん？　どうしたの、フィリア姉さん」

「来てくれてありがとう。――でも、まさかミアが来るとは思わなかったわ」

「あはは、ルークさんの居場所がわかったって得意顔して言ったのは恥ずかしかったけどね」

そう言って、ミアは自分の頬に手を当てて照れたように笑いました。

その仕草はとても可愛らしくて、彼女に癒やされていた日々を思い出させるものです。

――でも、なによりも彼女が今、私の傍《そば》にいることが嬉しく感じていました。

それはきっと、ミアが私を想《おも》って行動してくれたからでしょう。

「でも、本当にどうしたの？　ルークさんを探すこと以外になにか用事があったんじゃない？」

「えっと……、そうだね。あると言えば、あるかな」

ミアは少し言い淀《よど》んでから、意を決した様子で私を見つめてきました。

その紫水晶《アメジスト》のような瞳は真剣そのもので、思わず緊張してしまいます。

「あの、フィリア姉さん。カミルさんが本当のお父さんだってことは受け入れているんだよね」

「……ええ。会ったことがないから実感はないけど、それは受け入れているわよ」

私はまだ実の父親であるカミル・エルラヒムについてよく知りません。

故人ですから、会うことも叶《かな》いません。

ですが、彼が父親である事実はそのまま受け入れています。

育ての親であるアデナウアー夫妻に対して良い感情を抱いてなかったからなのか、それとも私にはわからない理由があるのか……。

しかし、ミアはなぜそんなことを確認したのでしょうか。

「じゃあヒルダお義母様は？　お母様って呼ばずに、まだ師匠って呼んでいるのってどうしてなの？」

「そ、それは……」

ミアの問いかけに私は思わず口籠ってしまいました。

確かに私は師匠のことをお母様と呼ぶことができていません。

「師匠は私が小さな頃から師匠だったから……お母様だと頭の中ではわかっているのだけど、口にするのは難しくて……」

そう、私が未《いま》だに師匠と呼んでいるのは、カミルと違って彼女は私が子供の頃からずっとそう呼んでいた人だからです。

ですから、どうにも呼び方を変えるのが難しい気がしているのです。

それに……、もし仮に呼び方を変えたとして、今までの関係が変わってしまうような気がして怖いという気持ちもありました。

ヒルデガルト・アデナウアーは私にとって大事なことを教えてくれた尊敬すべき師匠である。その認識を変えたくないと、心のどこかで思っているのかもしれません。

「ふーん、そうなんだ。でも、やっぱりお義母様はお母様と呼んでほしいと思っているかもしれないよ？」

「あの師匠が？」

いや、ありえないでしょう。

いつも厳しい言葉を投げかけられてきた身としては、どうしてもそういう風には考えられませんでした。

ミアも冗談で言っているだけなのだろうと思っていましたが、彼女の表情を見るとどうやら本気で言っているようです。

一体、どういう心境の変化があったのでしょうか。

わかりません。なぜなら、師匠はきっと――。

「私がお母様と呼ぶと、師匠は思い出したくないことを思いだしてしまうんじゃないかと、……そう思うのだけど」

「そんなことないよ！」

私が言葉を紡ぐとミアは勢い良く立ち上がり、そのまま私の目の前に立ちました。

「ヒルダお母様はフィリア姉さんにお母さんって呼ばれたいんだよ！　フィリア姉さんが大好きだから、もう一度親子になりたいって思っているはず。だから、絶対に諦めちゃダメだよ。フィリア姉さんが頑張らないと、私も協力できないんだから」

そう言うと、ミアは真っ直ぐに私を見つめてきます。

まるで、自分が母親に叱られている子供のように思えてきました。

――私にとってミアは妹であり、私はこの子に姉として聖女の先輩として、模範になれるように背中を見せようと決意していました。

でも、今は私よりも年上の大人に見えます。

私はミアの言葉に応えなければいけないと思いました。

彼女がここまで言ってくれたのに、黙ったままでいるわけにはいかないと思ったのです。

「……わかったわ。あなたがそこまで言うのなら、師匠に歩み寄ってみるわ」

そう答えると、ミアは満面の笑みを浮かべて私の手を握ってくれました。

「うんっ、ありがとう。私もできる限り手伝うから、一緒に頑張っていこうよ」

「ミア、あなたには助けられてばかりね」

そう言って、私はミアの頭を撫でました。

すると、彼女は嬉しそうに身を捩《よじ》りながら頬を緩ませています。

「姉さん、助けられたのは私のほうだよ？　フィリア姉さんがいてくれなかったら、きっと私は今頃生きていなかったもん。本当に感謝しているんだからね？」

ミアは私に向かって微笑むと、握っていた手を離してソファーに座り直しました。

どうやら話は終わりのようです。

「お茶でも淹《い》れましょうか。リーナさんから美味《おい》しい淹れ方を教わったのよ」

そう言いながら立ち上がって、私は茶葉を選ぶために戸棚を開けました。

中には紅茶やハーブティーなどが綺麗《きれい》に入っています。

さすがは一流の宿泊施設。備え付けられている茶葉も豊富です。

「ミア、どの茶葉がいいかしら？」

「えっと……、なんでもいいよ」

「そう、じゃあこれにしましょう」

適当に選んだものをポットに入れて、お湯を注ぎます。

そういえば、私が魔法で水をお湯にしてみせたとき、リーナさんは驚いていましたね。

それからというもの、彼女がお茶を淹れるときは、時々私がお湯を沸かすようになりました。

もっともリーナさんとしてはメイドとして、自分でなんでもしたいという気持ちがあるみたいですが。

「はい、できたわよ。熱いうちにどうぞ」

「ありがとう、フィリア姉さん。んっ、美味しい」

ミアがカップを手に取り、一口飲むと満足げな表情になりました。

やはり、リーナさんの教えは間違いないですね。

「懐かしいわね……」

「なに？　どうしたの？　フィリア姉さん」

「ううん。私が初めてリーナさんの淹れてくれた紅茶を飲んだときも同じ反応をしたな、と思い出したのよ」

忘れもしない。私がパルナコルタに来て迎えた最初の朝、リーナさんが淹れてくれた初めての一杯。

あの時私は、とても温かくて優しい味わいに感動しました。

「そうだったんだね。……私、姉さんが隣国に行ってしまったって聞いたとき、怖かったんだ。姉さんが隣国で酷《ひど》い目に遭っていないかなとか、辛《つら》い思いをしていないかなって心配で眠れない日もあったんだよ」

「ミア……」

「でも、ヒマリさんが姉さんの手紙を持ってきて、リーナさんやレオナルドさんが味方になってくれているって知ることができた。そのとき、私はまだ会ったことなかったけど、みんなに感謝していたの。姉さんを守ってくれて、ありがとうって」

ミアがそこまで私のことを心配してくれていたなんて知りませんでした。

いえ、私も隣国に売られてしまったとき、ミアのことが一番気がかりでしたっけ。

同じようにお互いに想い合って、姉妹なのに離ればなれになってしまったんですね。

「――案外簡単なことかもしれないわ」

「フィリア姉さん？」

「両親が違うとわかっていてもミアは自慢の妹だって胸を張って言えるもの。師匠のことだって、同じようにお母様と呼んでもいいと思えるかもしれない」

勝手に難しく考えていただけで、それはきっと簡単なことなのでしょう。

両親が違っても、私たちはお互いを愛し合っている家族なのだと言えるのですから。

それなら、師匠のことだって何も難しく考える必要はありませんよね。

「そうだね。姉さんなら、きっとできると思うよ」

ミアがそう言ってくれたことで、なんだか勇気が湧いてきたような気がします。

私はまだ師匠のことを本当の意味で理解できているわけではないかもしれません。

それでも、私なりに寄り添うことができれば母娘に戻れるんじゃないかと思うんです。それに――。

「師匠が父の遺した研究資料を託してくれたのも、もしかしたら私に寄り添おうとしてくれたからなのかしら？」

「たぶん、そうだと思う。だから、きっと大丈夫だよ」

「そうね。ミアのお墨付きがあるのだから、安心だわ」

私はミアと相談することで、ようやく一歩前に踏み出せそうな予感がしてきました。

――師匠、待っていてください。

あなたが教えてくれた聖女の心得。それは私にとって母親からの愛情として受け取っています。

だから、それをまず伝えることから始めますね。

そしてきっといつの日か、そう遠くない将来、私は師匠を堂々と母だと呼ぶようになるでしょう。

◇（ヒルデガルト視点へ）

『フィリアを教会に預けるとはどういうことですか!?　あなた、アデナウアー家の正統な聖女として育てると言って私からあの子を奪ったのをもう忘れたのですか!?』

『だからこそだ。今から教会で聖女になるべく教育すれば、アデナウアーの名を汚すことにはならないだろう？』

あの日、私の弟はまだ幼いフィリアを家から出して、教会に預けると決めてしまった。

私から奪っておきながら、平然とそう言ってのける彼の主張が理解できなかった。

だから、私は彼に詰め寄り、激しく口論をしたのだが――。

『子供を渡すと納得したお前がワシに意見などするな。どうせお前に似て、大した才能もないのだ。早めに教育を施しておいて損はない』

『なっ！　なんですって！』

弟はとんでもないことを言い出した。

私の大事な家族を奪い、あまつさえ、そんなことを言った弟に激しい怒りを覚えたものだ。

だが、彼は私の感情を逆撫でするようにさらに言葉を続ける。

『いい加減に現実を受け入れろ。ワシはアデナウアー家の次期当主であり、お前は追放された身なのだ。そもそもワシに意見などできる立場ではない』

『ミアですね？　ミアが生まれたから、フィリアが不要になったのでしょう？』

『フン。不要ではないさ。予備としての利用価値はある。とりあえずミアが無事に聖女になるまでは、な』

『なっ――!?』

私の娘が予備？　その発言に言葉を失ってしまう。

信じられなかった。この男は、人の娘を奪っておいてそんな発言を平然としたのだ。

それが、どれだけ残酷なことなのかわかっているはずなのに……。

私は、目の前でニヤリと笑う男に対して、言い知れない怒りを抱いた。

『感謝しろ。お前にもフィリアの師として関わらせてやる。母親だと名乗るような愚は犯さぬと一応信じておるが、もし何かあれば……わかるな？』

そう言い残し、弟はこの場を去った。

一人残された私は、ただその場で呆然《ぼうぜん》と立ち尽くす。

悔しかった。無力な自分が……。

悲しかった。愛しい我が子を守れなかった自分の不甲斐《ふがい》なさが……。

そして、何より許せなかったのは、愛する娘を奪われてしまった自分自身の無能さだ。

『ミアが成長するたびに、きっとフィリアは冷遇されていくでしょうね』

弟の屋敷を後にした私は、そんなことを考えていた。

このままでは、いずれ彼女はいらない存在になってしまう。

私にとって、最愛の宝物である娘の将来を案じた。

――私が何とかしないと……。

『やはり心を鬼にするしかありませんね』

あの子を、フィリア・アデナウアーを、どんな逆境にも負けないように強く鍛える。

たとえあの子に恨まれようとも、それが私にできる唯一の務め。私はそう固く決心したのだった。

『これからあなたが聖女になるべく、稽古をつけます』

『……わかりました。ヒルデガルト伯母様』

赤子のとき以来、会っていなかった娘との再会。

まだ幼い彼女を見て、私はまるで杭《くい》でも打ち込まれたように胸を痛める。

フィリアは既に表情が乏しかった。笑うことができない子になっていた。

それだけでも、あのアデナウアー家でどんな扱いをされていたのか容易に想像がつく。

『伯母様はお止《や》めなさい。私はあなたを姪《めい》だと思って稽古をつける気はありません。師匠と呼びなさい』

『……はい。師匠』

私はそれでも厳しく接した。

――この子を守るためには、これしかない。

フィリアは優秀だった。

物覚えが特別良いという訳ではないが、ひたむきで、決して折れない心の強さを持っていたのだ。

ただ、私にとってはその強さが逆に心配だった。

なぜならば、その強さはいつか壊れてしまいそうな危うさを秘めていたから。

だから私は、あえて厳しい訓練を課した。

それは、私がこの手で彼女を立派な聖女へと導くためだった。

やがて、フィリアは成長し――無事に教会より聖女の称号を得る。

それは、私が彼女に施してきた修行の成果が実を結んだ瞬間でもあった。

『師匠、おかげさまで私も本日よりジルトニアの聖女となることができました』

『――本当によく頑張りましたね』

『えっ？』

あのときのフィリアのキョトンとした顔はよく覚えている。

感極まって、思わず出てしまった母親としての称賛。その言葉を聞いて、彼女が驚いていたのが印象的だった。

私も驚いた。まだ私の中に母性というものがあったのだろうということに。

聖女になってからのフィリアの活躍は目覚ましいものだった。

次々と新しい魔法を開発し、人々を癒していく。

アデナウアー家から施されたあらゆる分野の英才教育も実を結び、聖女としてだけではなく、他分野でも才能を発揮した。

その実績はいつしか近隣諸国、大陸全土まで知れ渡り、いつしか彼女は〝歴代最高の聖女〟と呼ばれるようになる。

誇りだった。私の大切な弟子が、愛娘《まなむすめ》が、こんなにも立派になったことが。

だが、それからしばらくして危惧していたことが起こってしまった。

――フィリアの妹ミアが聖女となったのだ。

私はミアの存在によってフィリアが冷遇されるのではないかと恐れていた。

ミアは紛《まご》うことなき天才である。たった一年で聖女修行を終えて、正式に聖女の位に就いた。

力はまだフィリアに劣るものの、彼女には華があった。

その太陽のように眩《まぶ》しい笑顔は民衆を魅了し、瞬く間に人気の聖女となったのだ。

ミアは聖女としての才能に恵まれている。

それはもう、疑いようがない事実であった。

私の不安が現実になるのは時間の問題。そう思っていたのである。

『えっ？　ミアですか？――可愛いです』

『可愛い？』

『あっ！　聖女としての能力という意味ですよね。失礼しました。才能豊かで素晴らしいですよ。自慢の妹です』

意外なことというか、フィリアは妹のミアを溺愛しているようだった。

『フィリア姉さん、今度の休みの日はショッピングに行きましょ？　同じ服ばかりじゃつまらないわよ』

ミアもフィリアを尊敬しているようで、積極的にコミュニケーションを取っている。

私の心配を他所《よそ》に二人は仲の良い姉妹になっていた。

フィリアが誰かに愛情を向け、そしてストレートに愛情を受け取るのは初めてだろう。

そんな光景を目にして、私は安心した。

フィリアにとってミアはかけがえのない妹となれたことを確信したからだ。

ミアがいれば、フィリアは大丈夫だと思えた。

幸い、国王陛下は〝歴代最高〟という評価を受けた彼女を気に入ってくださり、第二王子ユリウスと婚約までさせている。

王子殿下の婚約者となれば、あのアデナウアー家もフィリアを邪険にはできないだろう。

――しかし、その考えは甘かったのである。

『隣国に売られた？』

第一王子フェルナンドを次期国王にせんとする勢力、通称第一王子派。

それに属する者から、フィリアが弟夫婦とユリウスの計らいで隣国パルナコルタに金品と引き換えに差し出されることになったという報告を受ける。

私は耳を疑った。あの子は何も悪いことなどしていないのに……。

私はまたもや自分の無能さを呪った。

そのようなことにならぬよう、フィリアの優秀さを妬み、疎む存在が出てくることを危惧していたというのに……。

悔しくて、怒りで震えた。

――必ず、弟夫婦と第二王子には報いをくれてやる。

そう決意した私は、第一王子派と共に戦うこととなった。

驚いたのはあのミアもまたフィリアを失った怒りに燃えていたことだ。

『――ミア。何かあったら、私の養子になりなさい』

『よ、養子ですか？　伯母様の!?』

『そうです。アデナウアー侯爵夫妻は計画に失敗しようが成功しようが投獄されます。両親が居なくなると、不便なことも多いでしょう。私は夫を亡くしていますが、あなた一人くらいなら何とか出来ます』

ミアに接触した私はそんな提案をした。

彼女は私が善意で言っていると思ったようだが、違う。

これは私なりの意趣返し。

フィリアを奪ったアデナウアー家を私は許さない。

だから私も弟夫婦が最も大事にしていて、最も愛している娘のミアを奪ってやろうと考えたのだ。

そして、全てが片付いた後に、ミアは私の養子となった。

『フィリア姉さん、ね。パルナコルタで幸せにしているみたいですよ』

フィリアからの手紙を見せながら、ミアは私に言う。

彼女が大破邪魔法陣を拡大させて、大陸を救った実績から大聖女の称号を得たくらいのときだ。

ミアは弟夫婦の子とは思えないほど良い子で、私のもとで自ら望んで修行していた。

手紙を何度も読み返していたのか、便箋はボロボロになっている。

『ねぇ、ヒルダお義母様。フィリア姉さんに母親だと本当に打ち明けないつもりですか？』

『くどいですね。その話は終わりました。あの子の母だと私に名乗る権利はありません』

フィリアが私の実の娘であることは秘密にしてある。

事情はどうあれ、私はあの子の母親であることを放棄してしまった身。

今さら名乗り出るなど、できるはずがなかった。

それに、フィリアが今幸せならば私はなにも望まない。

そう思っていたのだが、運命の悪戯なのか、あの子は真実を知ってしまった。

それでも私たちの関係は師弟関係のまま変わらない。

私は心の底からフィリアの師であることが誇らしかったのだ。

だが、それは私の罪悪感が見せる幻想だったのかもしれない。

――私はフィリアのことを愛していた。

だからこそ、私はあの子を厳しく指導し、聖女として成長させた。

愛していたからこそ、フィリアを弟子としてではなく、娘として見ていたからこそ、厳しく接していたのである。

私はそれを押し殺して、真実が明るみになってもなお、フィリアの師匠であろうという矛盾した感情にずっと苛《さいな》まれていた。あの子がそれを指摘したのはそんな折りだった――。

「でも、お義母様……本当は嬉しかったんじゃないの？　フィリア姉さんが本当のことを知って。だってさっき姉さんがわがままを言って嬉しかったと仰っていたもの」

「……」

ミアが私の心のうちを読んだかのように、私たちの関係に踏み込んだ話をしてきた。

最初はこの子がフィリアを追いかけるという話だったはずなのに、いつの間にか私の話になっている。

この子も不思議な子だ。人の懐に入り込むのが上手《うま》く、心を許してなんでも話しそうになる。

あのフィリアが溺愛する理由もよくわかった。

「正直言ってそれはまだわかりません。私はあの娘の大事な時期に母親らしいことができなかったのですから。負い目がどうしてもあるのです」

勇気――私にはそれがない。

あの子に拒絶されることが怖い。既にフィリアは真実を知っているというのに、それでも私は恐怖していた。

「どうして？」

「どうしてって、わかるでしょ？　フィリアがアデナウアー家で冷遇されていることを知っていても、私はあの娘に厳しい修行ばかりを課していたのです。それがあの娘にしてやれる唯一のことだと信じて……。私には母親の顔をする資格はありませんし、あの娘もそう思っているでしょう」

そうだ。フィリアだって、心の奥底では恨んでいるかもしれない。

そもそも私がもっと強ければ、私にもっと勇気があれば、あの子はあんなに酷い仕打ちを受けずに済んだのだ。

「それは違うと思います」

だが、ミアはあっさりと私の胸のうちの罪悪感を否定する。

まっすぐな目で私を見据えていた。まるでフィリアの真意を知っているかのように……。

「どうしてそう思うのです？」

「フィリア姉さんはお義母様の厳しさが宝物だって言っていたじゃないですか。姉さんは嘘《うそ》をつく人ではありません。だから、お義母様の厳しさは間違いなく姉さんのためだったんだと思います。確かに、歪《いびつ》かもしれませんが、フィリア姉さんは母の愛を感じていたとはっきり言っていましたよね？」

「……」

確かに私はフィリアに厳しい修行を課した。あの子はそれに応えて誰よりも強くなった。

それを宝物だと言ってのけたとき、私はその言葉を素直に受け入れられずにいた。

だって、そんなはずがないではないか。私の苦し紛れの厳しさに、今のあの子が感謝しているなどと、どうして言えるのだろう。

だが、ミアはそのフィリアの言葉は本心だとはっきりと主張したのである。

「ミア、あなたは本当に遠慮がありませんね」

「ふふ、もうなにもできなかったことを悔いたくないのです。……で、本当のところは師匠ではなくて、フィリア姉さんからお母様と呼ばれたくはないのですか？」

「そ、それは――」

私は言葉を発することができなくなったが、心の中では結論が出ていた。

本当はフィリアと母娘になりたい。母と呼んでほしい。

せき止めていた衝動が爆発してしまったのである。

「はぁ……、まったく嫌な娘を持ったものです」

私はそう言って、この家にある一番強いお酒の入った瓶を開けて、グラスに注ぐと一気に飲み干す。

胸が、胃が、沸騰するほど熱い。今はその熱さに身を任せよう。

「ミア、あなたに頼めますか？」

フィリアの婚約者、オスヴァルト殿下は太陽のような包容力のある男性《ひと》だった。

あの子には必要だったのだろう。まるで氷のように凍りついた心を溶かす存在が……。

そして、目の前にいるこの子もまたあの子の心を照らす光を持っている。

「はい、もちろんです。私に任せてください！　フィリア姉さんも助けるし、お義母様の願いも叶えますよ！」

グラスに酒を注ぎ、それを飲み干したミアは力強く啖呵《たんか》を切る。

飲み慣れない度数の高い酒を飲んだからなのか、頬を赤く染めていたが、その瞳は爛々《らんらん》と輝いていた。

どうやら私はとんでもない娘を養子にしてしまったらしい。

最初は復讐《ふくしゅう》だった。でも、今は——この子《ミア》、あなたが私の娘になってくれてよかった。

私はミアに亡くなった夫の最期の手紙を託した。

本当は渡すつもりはなかったのだが、私も母としてなにかをしたいと強い衝動に駆られてしまったのである。

だが、今は少しだけ後悔している。何故《なぜ》なら、あの手紙に書かれている真実に気がつくと、きっとフィリアは——。

そのときがきたら、私はあの子を止めねばならない。それこそ、母親として……。

第三章 父の想いを継いで

chapter Three

「いつもの癖で早く起きすぎてしまいましたね」

隣のベッドで眠るミアの横顔を見ながら立ち上がり、着替えを済ませます。

まだ出るには早いですが、屋上に行ってみたくなったのです。

聞いた話によると、そこから見える朝陽《あさひ》は絶景なのだとか。

その景色を見ようと、私は部屋を出て階段を上ります。

ここの屋上は宿泊客に開放されているらしく、自由に出入りができるとのこと。

扉を開けた瞬間、涼しい風が私の体を通り抜けていきました。

空を見上げると、まだ夜明け前の薄暗い夜が広がっているのですが、東の方角だけは仄《ほの》かに明るくなっています。

「おっと、フィリアもきていたのか」

「オスヴァルト様……」

背後から掛けられた声に振り向くと、そこにはオスヴァルト様がいました。

おそらく私と同じく目が覚めてしまったのでしょう。

「邪魔をして悪かったな」

「えっ？」

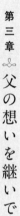

「……いや、なんとなく。フィリアは一人になりたくてここにきたのではないかと思ったのだが」

この方はどうしてこんなにも、私の考えを見抜いてしまわれるのでしょう。

確かに私は一人になりたくてこの場所にきました。

「――ついさっきまではそうでした。ですが、不思議ですね……」

「んっ？」

「今は、オスヴァルト様のお顔を見てからは、二人でいたい。そう思っている自分がいるのです」

「おっと、……フィリア？」

そう言うと、私はゆっくりと彼に近づき、そのまま抱きしめました。

ああ、やはり温かい。彼の体温を感じるだけで安心できます。

この方が私の運命を変えてくれた。この方と出会わなければ、きっと今の私はいないでしょう。

私のすべてを捧《ささ》げたい。そんな気持ちさえ芽生えていました。

「……申し訳ございません。少し変なのです。一人になりたかったのも、自分を見つめ直したかっただけなのですが――一人になると急に寂しくなりまして」

「そうか」

彼は何も言わずにただ私の抱擁を受け入れてくれます。

私がしたいようにさせてくださっている。

思えば、孤独でなくなってから随分と経《た》ちました。

私は聖女の務めのために生きていく、それだけだと思っていました。だから、ミアさえいればそ

れでいいと……。しかし本当は、ずっと誰かに愛されたかったのかもしれません。

その感情を孤独に淡々と務めを果たすことで、誤魔化していた私は、愛される資格がないと勝手に思っていました。

でも、もうそんなことは言いません。この方になら、愛されたいと素直に感情を吐き出せます。

そして、この方のすべてを受け入れたい。

オスヴァルト様と出会ってから、私はどんどん欲張りになっています。

「オスヴァルト様、ごめんなさい。私は弱くなりました。今の私はもう——一人でいる孤独に耐えられそうにありません」

「そんなことはない。孤独に耐える力など強さなんかじゃないさ。——フィリアは今、こうして恐れずに俺の心に踏み込んでくれている。その勇気こそ、俺は本当の強さだと思う」

「……ありがとうございます。そう言っていただけると救われます」

しばらく二人きりで寄り添っていると、朝日が昇り始めました。

それはあまりにも眩《まぶ》しくて目を細めてしまうほどです。

なのに、どうしてでしょう。こんなにも、輝いて目を覆いたくなるものなのに、私は自然とその光景に見惚《みと》れてしまいます。

この景色を一生忘れることはないでしょう。そう思えるほどの感動が胸いっぱいに広がっていくのです。

これが、私の求めていた世界なのかもしれません。

愛する人と二人で見る夜明け。なんと美しく、綺麗《きれい》なのでしょうか――。

「オスヴァルト様、私は生まれてきて良かったと心から思います」

「……フィリア」

「だからこそ、会ったことのない父のことが知りたい。そして、母のことを……」

私はもう一度、朝陽に照らされて輝く王都の街並みを見下ろしました。

ここが父が生まれ育った国。

なにも知らないので、私の中で父は存在しないに近いものとなっています。

でも、これからは違うかもしれません。

父の弟であるルークさんに会うことが叶《かな》うのであれば、父のことを教えてくれるはずです。

そうすれば、私の中にあった空白が埋まる気がします。

私の父はどんな人なのか、なぜ国を出てまでして、自ら体を蝕《むしば》む病の特効薬を作ろうと情熱を燃やせたのか。

いいえ、それでなくてもなんでもいい。とにかく私は父のことを知りたいのです。

父がいてくれたから、母がいてくれたから、父と母が出逢《であ》い、愛し合ってくれたから――今、私はこうして幸せを噛《か》み締めることができています。

両親に自分がこうして生きていることを感謝しているからこそ、私はもっと二人のことを知っていきたいと思うようになったのでしょう。

「ルークさんにこの気持ちは伝わるでしょうか？」

「……どうだろうな。だが、伝えようとする努力は必要だ」

「はい、そうですね」

「俺も協力する。だから、フィリア。二人で前を向いて進んでいこう」

オスヴァルト様の言葉を聞くだけで、私の中にあった不安がすべて消えていきます。

いつだって、彼の力強い言葉は私に勇気を与えてくれるのです。

「オスヴァルト様……いつも側《そば》にいて、助けてくれてありがとうございます」

「なに、気にするな。あなたを愛しているんだ。力になりたいと思うのは、ごく自然のことだ」

陽光を浴びて輝きを増したその金髪は、朝の涼風を受けて靡《なび》き、その瞳には私の姿だけが映されています。

その力強い瞳に吸い込まれるように近付き、自然と目を閉じようと――。

「あっ！　フィリア姉さん！　こんなところにいた！」

「「っ!?」」

突然のことに驚き、声のした方へ振り向くと、そこには妹のミアがいました。

「あ、あれ？　オスヴァルト殿下もいらっしゃったんですね！　も、もしかして、お邪魔だったかな？」

「ミ、ミア、どうしてここに？」

「どうしてって……起きたら姉さんがいなくなっているんだもん。心配になって探しに来たんだよ」

どうやら、私が部屋からいなくなったのを見て、探しにきてくれたようです。

――もう少し遅かったら、見られてしまっていたかもしれません。

「ほ、本当にごめん。せっかくいいムードだったのに台無しにしちゃったよね……」

「い、いえ、そんなことないわよ」

「誤魔化さなくていいよ。じゃ、私は部屋に戻るから、ごゆっくり」

そう言うと、ミアはそそくさと立ち去っていきました。

私は、その背中を見送りながらホッと一息つきます。

しかし、ミアが去って二人きりに戻ったものの、なんだか気まずい気持ちになり、オスヴァルト様の方を見ることができません。

「……す、すみません」

「んっ？　ああ、別に気にしていない」

「で、ですが――」

そう私が口を開いたとき、オスヴァルト様は優しく私の髪に口づけを落としました。

その不意打ちとも言える行為に、私は言葉を失ってしまいます。

そして、オスヴァルト様は微笑《ほほえ》みながら私の耳元で囁《ささや》いたのです。

「続きはまた今度、な」

「……は、はい」

慣れない触れ合いとその言葉に、私はそう答えるので精一杯でした。

薄暗かった早朝の空はすっかり晴れ渡り、太陽の光が私たちを照らし出します。

この明るさが私の気恥ずかしさを何倍にも増幅させてしまうのです。

「さぁ、そろそろ行かねば。今度はリーナかレオナルドがくるぞ」

「まぁ、オスヴァルト様ったら。ふふっ……」

誰よりも自然体な笑顔を向けるオスヴァルト様に、私もつられて笑ってしまいます。

そして、私たちはどちらからというわけでもなく、自然に手を取り合って歩き出しました。

◆

「フィリア様～、今日は聖女服なんですね～」

朝食を食べ終えた私は、リーナさんから昨日との服装の違いを指摘されました。

ルークさんに会うにあたって、いらぬ警戒をさせぬように、予《あらかじ》め身分を明かしておく必要があると判断したからです。

お体の調子が優れないとのことですし、出来る限り憂いのないよう配慮すべきことでしょう。

「私も聖女服、持ってくればよかったかな？」

「その必要はないわ。一人で十分だもの。それに聖女が二人もいたら、驚くでしょ？」

「そっかー。それもそうだね」

ミアの質問に答えると、私は父の手紙をカバンに詰め込みます。

「準備できた？」

「ええ、大丈夫よ」

「じゃ、行こうか。フィリア姉さん」

そうして、私はミアと一緒にエルザさんのもとへと向かいました。

「おっ！　準備は終わったか？」

「オスヴァルト様、お待たせいたしました。それにエルザさんとマモンさんも」

エルザさんの部屋には既に準備を済ませたオスヴァルト様が待たれていて、その横にはマモンさんがいます。

私は一礼して、オスヴァルト様のもとに歩み寄りました。

「大聖女さん、緊張してる？」

「緊張感もありますが、それ以上に楽しみです」

エルザさんの言葉に私は素直な気持ちを吐露します。

今まで存在すら知らなかった叔父に会うのです。なにを話そうかまだまとまっておりませんし、どんな顔をすべきなのかもわかりません。

でも、会いたい。会って、お話をして、オスヴァルト様やミアを紹介したい。

そんな気持ちのほうが強いのです。

「心の準備も万端ってわけね。マモン！　いつでも行けるみたいよ」

「わかってるって。場所はこの辺り、だな？」

マモンさんは楽しそうに返事をして、禍々《まがまが》しい装飾の施された転移扉を召喚しました。そして、その中へと私たちは足を踏み入れていきます。すると、目の前に現れたのは――。

一面に広がる美しい花畑と、その真ん中にある小さな一軒家でした。

どうやら、あの一軒家がルークさんのお宅のようですね。

さすがは国一番と言われた薬師の邸宅。一見、お花畑に見えたそれは薬草園だったようで、様々な種類の薬草が育てられていました。

しかし、この景色の美しさに目を奪われている暇はありません。

なぜなら、私たちがやってきてすぐに家のドアが開き、そこから一人の男性が姿を現したからです。

褐色肌に白髪で、エメラルドのような瞳を持つ中年の男性。

ゆっくりと歩き、お花に水をあげています。

――おそらく彼がルークさんでしょう。

初めてお会いする方ですが、自然とそう思えました。

私はそんな彼にご挨拶をしようと歩み寄ります。

「聖女様？　いや、見覚えのある顔ではありませんな。新たな聖女様、ですかな？」

「初めまして、ルーク・エルラヒムさん、でよろしいでしょうか？　私の名はフィリア・アデナウアーと申しまして、パルナコルタで聖女を務めている者でございます」

「――っ!? い、いかにも私はルークですが。それにしても、あなたが聖女フィリア様ですと!? だ、大聖女様がなぜこのような田舎に……？」

ルークさんはひどく驚いた様子で、私の顔をマジマジと見つめます。

私と父の関係性をまったくご存じないのはこれではっきりしました。

「実は私の亡くなった父の弟。つまり叔父にあたる方がこちらに住んでいらっしゃると聞き、ぜひ一度お会いしたいと思い足を運ばせていただきました」

「フィリア様の叔父上、ですと？ ふむ。ここには私と妻の二人しか住んでおりませぬが」

「はい、私はルークさんの兄。カミル・エルラヒムの娘です。……つまり、あなたの姪《めい》にあたります」

「なっ――!? あ、兄上の娘!?」

ルークさんはよほど驚いたのか、口を開けたまま固まってしまいました。

無理もありません。私の父が亡くなったのは十年以上前のことですし、結婚したことは手紙で伝えていたかもしれませんが、その娘が聖女になって会いにくるとは想像できないでしょう。

いきなり異国の聖女が自分の姪だと聞けば驚くのも当然です。

「あの、ルークさん。驚かせてしまったことはお詫《わ》びします。そして、突然の訪問で申し訳ないのですが、ほんの少しだけお話を聞いてはくださいませんか？」

「……ふむ。その瞳、どうやら悪い冗談などではありませんな。……どうぞ、中へお入りくだされ。

お茶でも用意いたしましょう」

玄関の扉を開くルークさんに私たちは家の中に入るように促されて、そこでお話をすることになりました。

◆

「大聖女フィリア様が兄上の娘で、そちらのパルナコルタ第二王子殿下の婚約者。それで、兄の話を聞くためにわざわざ私のもとに来られたというわけですか……」

ルークさんにこちらにきた理由を一通り説明すると、彼は難しい顔でそう呟《つぶや》きました。

やはり、突拍子もない話ですよね……。

「ご病気を患っておられて、話すのもお辛《つら》いのでしたら無理は申しません。ですが、可能でしたら父カミルについてどのような人だったのか、少しでも良いので教えていただくことはできませんか?」

「お心遣い感謝いたします。今は落ち着いていますので、少し話をするくらいなら問題ございません」

「ありがとうございます」

ヤイム司教から体調が芳しくないと聞いていて心配だったのですが、どうやら話をする程度なら大丈夫みたいです。

とはいえ、あまり長話にならないよう気をつけなければ……。

「それで、兄についてお話しすればよろしいのですか？」

「はい。私はつい最近まで本当の父の名前すら知らずに育ってきたものでして、ずっと気になっていたんです」

「なるほど――」

すると、ルークさんは目を閉じてゆっくりと考え込むような仕草をしました。

そして、しばらくして目を開くと静かに語り始めました。

「兄は生まれつき体が弱かったのですが、その分とても聡明《そうめい》な人でした。そして、誰よりも優しい心の持ち主でした」

「そんな、人だったのですね……」

「はい。兄が薬師を志したのは病気がちな自分を救うためでしたが、同じ苦しみを抱える人たちのために薬を作りたいと思ったからでもあるのです。私にはその志こそが本物であり、尊いものに感じました。だからこそ、私も薬師となってこの国の人々のために尽力したいと強く願ったのを覚えております」

やはりルークさんが薬師を志したのは、父の存在が大きくかかわっているようです。

私は姿すら知らない父に思いを馳《は》せながら耳を傾けました。

「そんな兄を不治の病である〝悪魔の種子〟が襲いました」

「……はい」

「病の特効薬を完成させるため、兄は単身で旅に出たのです。しかし、その後私は兄に会うことは叶いませんでした」

きっと、心残りがあるのでしょう。

その悲痛な表情からは、別れが予想外のものだったことがうかがえました。

だから、こんなにも悲痛な表情をしているのだと思います。

「……何通か手紙は来たんですけどね。それも二十年以上前に途絶えたきりで。まさかジルトニアで結婚して子供が生まれていたとは」

ルークさんは立ち上がると、そのまま部屋の奥へと消えていってしまいました。

そして、しばらくして何枚か手紙を持って戻ってきました。

「兄の手紙です。特効薬を作るための材料を集めていたみたいですが、なにか足りないと感じていたようですね。こちらはフィリア様がお持ちください」

「えっ？　よろしいのですか？」

「もちろんです。私は暗記するほど読みましたから。そのほうが兄も喜ぶでしょう」

ルークさんから手渡された手紙には筆圧が弱くなりながらも、一生懸命書いたであろう文章が綴《つづ》られていました。

薬のレシピを作ろうにも核となる素材が中々見つからずに苦労している。

そんなことがニュアンスは違えど毎回書かれているところを見ると、薬作りはやはり難航していたようです。

「あの、実は師匠……いえ母から父カミルがルークさんに宛てた最期の手紙を預かってきたのですが、ご覧になっていただけますか？」

「兄の最期の手紙ですか？　こんなものがあったとは……」

ルークさんは便箋を受け取って、手紙に目を通します。

「――フィリア様……」

手紙を読み終えた彼は私の名を呼ぶと、涙を浮かべた瞳でこちらを見ました。

一体、手紙にはなにが書いてあったのでしょう？

「すみません。お見苦しいところを。……こちらも読んでいただけませんか？」

「よ、よろしいのですか？」

「ええ、もちろんですとも」

私はルークさんから受け取った手紙を促されるまま読み進めました。

――親愛なる我が弟へ

お前がこの手紙を読んでいる頃には、おそらく俺はもうこの世にはいないだろう。

だが、これだけは伝えさせてくれ。

お前が祖国でも指折りの優秀な薬師になってくれたことをとても誇らしく思う。

俺がいなくなった後も、どうかこれからも頑張ってほしい。

先日、俺と妻の間に娘が生まれた。まだ名前はないが、すでに可愛《かわい》らしく将来が楽しみだ。

俺にとってこの子は希望なんだ。どこが可愛いって？

……そうだな。色々とあるけど、やっぱり一番は愛する妻に似てるところかな。

前に手紙でも書いたけど、妻は美人な上に心も美しいんだ。

そんな妻との間に生まれた子が可愛くないわけがない。

妻は今、この子の名前を考えて頭を抱えているが、その姿も普段の冷静沈着な彼女と差があって可愛らしい。

きっと、どんな困難にも負けない強い子に育つように、いい名前をつけてくれると思う。

お前にも会わせてやりたかったな。

結局、薬は作れなかった。悔しいが、また無理をするわけにもいかないし諦めるとするよ。

だが、俺は幸せな人生を送ることができた。

それは間違いないと自信をもって言える。

ルーク、色々と心配をかけてすまない。

お前のことを少しだけ高いところから見守っているよ。

カミル・エルラヒムより――

「――っ!?」

読み終えた私は、溢《あふ》れ出す感情を抑えることができなくなってしまいました。

会ったことのない父でしたが、手紙からは、その優しさや温かさをはっきりと感じることができます。

父が私を、そして母を愛していてくれていた。

それが、これほどまでに嬉《うれ》しいことだなんて思ってもみませんでした。

「立派な父上ではないか。……これを」

「オスヴァルト様、ありがとうございます」

私はハンカチを受け取り、涙を拭いました。

この胸が熱くなる感じ、嬉しさと悲しさが同居しているみたいで上手《うま》く説明ができません。

「ヒルダお義母様《かあさま》ったら、全く惚気話《のろけばな》しなんてしなかったけど、結構カミルさんと仲良しだったんじゃん」

ミアはそう言いながらニヤリとした笑みを浮かべました。

確かに、師匠がどんな夫婦関係を築いていたのか、全く想像がつきませんでしたね……。

でも、こうして父の手紙から仲の良さが垣間見《かいまみ》えて、知らないままでいるのがもったいなく思えてしまいました。

今度、師匠に会ったら色々と質問してみましょう。

「しかしフィリア様も最近まで兄が父親だとご存じなかったとは……。なにかあったのですかな?」

「そ、それは……」

私は思わず口ごもってミアの方に視線を向けました。

すると、彼女は神妙そうな表情をしながら口を開きます。

「フィリア姉さん……いえ、姉は生まれてきて間もなく、子供がいなかった私の両親に奪われてしまったんです。そうして、私の両親の子供として育てられていました。ですから、姉は少し前まで実の母親が別にいることも、カミルさんの存在も知らなかったんですよ。全ては、私の両親が悪いんです……」

私が言葉を発せないでいると、代わりにミアが答えてくれました。

その言葉を聞いたルークさんは少しだけ考えるような仕草をします。

「ええっと、それでは失礼ながらミア様とフィリア様の関係は……？」

「あ、すみません。説明が足りませんでした。私は姉と実の姉妹ではありません。正確には従姉妹《いとこ》という関係になります」

「な、なるほど。……そんな、ことがあったのですね。申し訳ありません。辛い話をさせてしまって」

私とミアの関係性を聞いて、ルークさんは深々と頭を下げました。

確かに他人から見ると辛い経験なのかもしれませんね。

ミアにとっても、そのことが負い目となっていることは理解していますが、だからといって彼女に責任があるとは思いません。

「ルークさん、頭を上げてください。確かに順風満帆の人生ではなかったかもしれませんが、今の私は幸せです。オスヴァルト様やミア、それに多くの大切な人がいますから」

私は本心をルークさんに告げました。これは嘘偽り《うそいつわ》のない私の気持ちです。

すると、彼は下げていた頭をゆっくりと上げて、私の瞳をじっと見つめてきました。

「あなたのその、意志の強そうな瞳――カミルそっくりですな。間違いなくあなたは兄の娘です。良い人に恵まれたと、きっと天国で兄も喜んでいるでしょう」

「ルークさん……」

「私などが大聖女様の叔父とは畏れ多いですが、兄の忘れ形見……姪がいたことを知ることができてこの上なく嬉しいです」

ルークさんの眼差《まなざ》しはとても真剣で誠実さが感じ取れます。

そして何より、初対面なのに安心感があるのです。

「父のことを教えてくださって、ありがとうございます」

私は感謝の意を込めて深くお辞儀をしました。

叔父であるルークさんがいることも含めて、父について知れて良かったです。

「良かったね。フィリア姉さん」

「ええ、ミアが一緒に来てくれたおかげよ」

「えへへ、私はなにもしてないような……。でも、ちょっと安心したかな。なんだかんだ言っても、やっぱり少しだけ不安だったもん」

ミアは笑顔を見せて言いました。

やはり、彼女は私を心配してついてきてくれたのでしょうか？

「ルーク殿、カミル殿について話してくれて感謝する。フィリアの婚約者として礼を言わせてくれ」

オスヴァルト様は立ち上がり、頭を下げられました。

「で、殿下！　あ、頭をお上げくださいませ！　一国の王子に頭を下げさせるわけにはいきませぬ！」

ルークさんは慌てて席を立ちあがり、膝を曲げてかしこまりました。

オスヴァルト様の振る舞いに相当驚いたようです。

「いや、ルーク殿。今の俺は王子という身分ではなく、フィリアの婚約者という一個人として頭を下げているのだ。どうか気にしないでほしい」

「……………いえ、しかし。そういうわけにはいきませぬ」

「オスヴァルト様、ルークさんが緊張されております」

「ぬっ、そうか。それはすまない。……つい、嬉しくてな」

オスヴァルト様は朗らかに笑いながら謝罪されます。どうやらルークさんの表情に気が付いたみたいです。

すると、王子に頭を下げられるという状況から解放された安心感からか、ルークさんも表情を和らげられました。

それに、少しだけ肩の力も抜けたようですね。

しかし、ルークさんは薬師を続けられないくらい体の調子が優れないと聞いていたのですが、これだけお話ししても大丈夫な様子。思ったより悪くないようで――。

「ゴホッ、ゴホッ！　はぁはぁ……、ううぅっ！」

「――っ!?」

突然、ルークさんは苦しみ出して胸を押さえました。

これはまさかあの病気の発作……。とにかく放っておくわけにはいきません。

「ルークさん！」

苦しむルークさんに駆け寄ると、彼は懐から薬を取り出したところでした。それを見て、近くに用意されていた水差しを渡します。

「んぐっ、んぐっ、んぐっ……、ふぅ……」

ルークさんは手渡された薬を飲むと落ち着いたようで、額の汗を拭いこちらを見ました。

「お見苦しいところを見せてしまいましたな」

「いえ、お気になさらないでください。しかし、今の発作。まさかルークさんも――」

「ええ、お察しのとおり。私も〝悪魔の種子〟を患っております」

「……やはりそうでしたか」

心臓の痛みを伴う発作と酷《ひど》い咳《せき》。それだけで決めつけられるわけではないのですが、〝悪魔の種子〟は親兄弟など近い繋《つな》がりで発症しやすいと聞いたことがありました。

ですから、もしやと思ったのです。

「……私も〝悪魔の種子〟の特効薬を作ろうとこの薬を開発したのですが、一定時間症状を抑えることはできても効果が切れるとこの有様でして」

なるほど。ルークさんも〝悪魔の種子〟の特効薬の研究をしていたようです。

私たちの応対していたときの様子から察するに、かなり症状を抑えることには成功しているように見えました。

「飲んですぐ効いて、話せるようになるんだから凄《すご》い薬だよね？　フィリア姉さん」

「ええ、それだけでルークさんが素晴らしい薬師だということがわかるわ。でも――」

「さすがはあらゆる分野に精通されているというフィリア様。もうこの薬の弱点を見抜かれましたか」

ミアの言葉に反応する私の言葉を聞いて、ルークさんは自嘲気味に薬の弱点について言及しました。

「この薬は症状を抑えることに特化していますが、それだけなのです。病に蝕まれるという現状は変わらない。病の進行に比例して薬の効く時間の間隔が狭くなっていくんですよ。前に薬を飲んでからまだたったの三時間しか経っていないのです」

「それはつまり……」

「はい、そう遠くない未来……この薬は効かなくなるでしょう」

その目は悲劇的な未来をすでに受け入れているような穏やかな光を孕《はら》んでいました。

しかし、私はこうして出会えた叔父が、病で亡くなってしまうのを受け入れられそうにありません。

最初は結婚式の付き添い役を母親である師匠にお願いするために屋敷を出ました。

でも、こうしてルークさんに会って彼が父と同じ病気に苦しんでいる姿を目の当たりにして、なにもせずに帰るなどしたくありません。

ですから自然と口を開いていていました。

「あの、私にルークさんの研究を引き継がせていただけませんか？」

「フィリア様が私の研究を引き継ぐ……？」

「はい。そう申しております」

ここまでくると、やはり因縁めいた何かを感じずにはいられません。

父が死の間際まで、研究をし続けた病。

そんな父と……、さらにはエリザベスさんの命を奪った〝悪魔の種子〟。このままルークさんまで犠牲になるのを、私は黙って見過ごすことなどできません。

「薬の知識なら私も多少は持ち合わせています。ですから、お願いします」

私がそう申し出たところ、ルークさんは感極まった様子で目を潤ませます。

「フィリア様、今日初めて会った私のためにそこまでしてくださるのですか？」

「もちろんです。それに私にとっても父の命を奪った病を治すのは悲願ですから」

「ああ、なんてありがたいお言葉です……」

ルークさんは私の手を取ると、そのまま額に押し当てられました。

おそらく、感謝の意を示しているのでしょう。

私はその様子を見つめつつ、必ず〝悪魔の種子〟の特効薬を完成に導いてみせると、静かに決意を固めていました。

「フィリア姉さんは薬師としても一流だもんね。きっと、ルークさんの研究を完成に近づけられるはず」

ミアは嬉しそうに微笑みながら、私に声をかけてくれました。

そう……、ですね。彼女の言う通り、私もルークさんの研究を完成させたいと思っています。

「ルークさん、ご病気でお辛いとは思いますが研究資料などありましたら見せていただけませんか？」

「ええ、お安いご用です。是非ともご覧になってください。少々お待ちいただいてもよろしいですか？」

ルークさんは私の言葉にうなずくと、書斎から彼の研究資料を持ってきてくれました。

これはかなりの量ですね。読み終えるのには時間が掛かりそうです。

◆

「……ルークさんは途中から治すよりも症状を抑えるための研究を主にされていたんですね」

研究資料を読み終えた私は確かめるようにそう質問をしました。

彼の薬は素晴らしい性能です。ほぼ完全に病の症状を抑えています。

しかしながら、この薬を飲み続けたとしても治る見込みはありません。

「ええ、そのとおりです。まずは動けないことには薬の研究もできなくなりますから。ですが、時間がかかりすぎました。この薬ができた頃にはもう新たな薬を作る体力、そして気力も残っておらず……」

「ですが、特効薬の理論的なところまでは完成していますよね？　適した材料がないというだけで」

「凄いですな。たった一回目を通しただけでそこまでお見通しとは。いかにも、症状を抑えるのではなく、根本の原因を破壊する薬草さえあれば、特効薬は作れます。しかしながら、それに足る効果のありそうなものは毒草に近いものばかりでして。病気が治る前に人体が壊れてしまうのです」

やはり、ルークさんの頭の中ですでに特効薬の理論はできているということですね。

だからこそ、症状を抑える薬を完成させることができた、ということですか。

「おそらく兄も似たようなところまでは考えていたと思うのです。手紙にも今ひとつ相応《ふさわ》しい材料が見つからないと書いてありましたからな」

「確かに父の手紙からはそのように読み取れますね。しかし、父もそれを見つけるに至ることはできなかった……」

父の手紙には核となる素材が見つからないと何度も綴られていました。

なんとか自らの病を治そうと手を尽くし無念のまま亡くなった父のことを想《おも》うと、胸が苦しくなります。

「フィリア姉さん、その材料さえ見つかれば薬ができるってこと？」

「ええ、そうだけど。かなり難しいわね。ルークさんは考えられるだけの素材を試しているけど、成功はしていないのだから」

「そっか。だからカミルさんも旅に出たんだもんね」

ミアの言葉に私はうなずきます。

おおよそ考えつく素材は試している。父が旅をしながら研究してもそれは見つかっていない。予想はしていましたが、特効薬を作るのは並大抵ではなさそうです。

「なぁフィリアよ。素人考えですまぬが、その素材とやらはジルトニアにあるのではないか？」

「えっ？　オスヴァルト様、それはどういうことですか？」

父はジルトニアで亡くなったのは事実ですが、だからといって特効薬の材料がそこにあるとは限りません。

もちろん父がジルトニアを訪れた理由は素材を求めていたからだと思いますが……。

「いや、ここに〝結局、薬は作れなかった。悔しいが、また無理をするわけにもいかないし諦めるとするよ〟と書かれているだろ？」

「はい」

「また無理をする、ということは素材が見つからなかったんじゃなくて、ある場所は見当がついているがそこに辿《たど》り着けなかったって意味ではないかと思ってな」

「――っ!?　言われてみれば仰《おっしゃ》るとおりです」

オスヴァルト様の指摘に私はハッと息を呑《の》みます。

手紙から諦めの感情と私への愛情を読み取るだけで胸がいっぱいになっていましたから、気づきませんでした。

「ジルトニアに〝悪魔の種子〟の特効薬に必要な素材がある可能性は高いですね……」

「じゃあ。一度、ジルトニアに戻るか?」

「そうですね。特効薬の材料が見つけられる可能性が一番高いと思います。ルークさん、すみませんがしばらくこちらの資料をお借りしてもよろしいですか?」

私がそう言うと、ルークさんは真剣な面持ちになりました。

そしてこちらを見つめて、ゆっくりと首を縦に振ります。

「それは構いませんが、ジルトニアも広いですし、そもそも向かうだけでもかなりの労力が必要ですよ?」

「大丈夫です。友人に手助けしてもらえれば一瞬でジルトニアに辿り着くことはできます」

「……なっ!?　そんな手段があるとは、さすがフィリア様。歴代最高の聖女という評判は伊達《だて》ではありませんね」

「それに、おそらく父の妻であった師匠ならその素材に心当たりがあるはずです」

そう。もしも父が特効薬を作る鍵となる素材を見つけていたとしたら、師匠が知らないはずがないのです。

「というわけですので、よろしくお願いいたします」

私はミアとオスヴァルト様のほうへと視線を移しつつ、反応をうかがいました。

すると二人は小さく首を縦に動かします。

「もちろんだよ。必要ならフェルナンド殿下にも聞いてあげるわ」

「ああ、早く向かうとしよう」

師匠に本当のことを聞くために、私たちは急遽《きゅうきょ》ジルトニアに戻ることになりました。

◆

「ジルトニアに戻る？　別に構わないけど、随分とまた急な話ね」

エルザさんはそう言って、不思議そうに首を傾《かし》げます。

無理もありません。ジルトニアからこちらのジプティアにきたのは昨日なのですから。

そもそもルークさんに会って父について話をしてもらうところで、目的は達成されているのです。

薬の完成はいわば私のわがまま。叔父であるルークさんを救いたい、という気持ちが一番ですが
……父の無念を、ライハルト殿下の願いを、叶えたいという気持ちが大きいのです。

その可能性が手が届きそうなところにあるのに、黙ってジッとしてはいられません。

「あの、やっぱり急すぎましたかね……」

「ううん、全然構わないわよ。……マモンならいつでも使ってくれていいわ」

「ったく、簡単に言ってくれるじゃない。でも、まぁフィリアちゃんがお願いって言ってくれたら、可愛い女の子の頼み事だし僕ァ断れないかなぁ」

「……マモン、素直になるか。首を落とされるか選んでいいわよ」

「ちょっ！　姐《ねえ》さん！……ごめんなさい！　調子に乗りました！　だから、お願い！　許してぇ!!」

マモンさんが必死になって謝っている横で、エルザさんが睨《にら》みを利かせていました。

彼女はファルシオンを片手に持ちながら、真顔で彼に詰め寄っています。

「あの、マモンさん。お願いできませんか？　ジルトニアに行きたいんです」

「フィリアちゃん！　もちろんいいぜ。僕ァ美人の味方だからねぇ」

マモンさんは爽やかな笑顔で親指を立てます。

これで安心してジルトニアへ行けそうですね。

「ヒルダ殿と上手く話せれば良いな」

「はい。全力でぶつかってみます。母娘として分かり合えるように頑張りたいです」

難しいかもしれませんが、それでも諦めるつもりはありません。

師匠ならきっとなにか知っているはず。手紙を託した、ということはそういうことでしょう。

「よっしゃ、それじゃあ扉を開くぞ」

マモンさんは魔力を集中させて禍々しい装飾が施された転移扉を出現させます。

そして、私たちは開かれた扉の中へと足を踏み入れました。


「……やっぱり、この魔法すごいわよね。一瞬で屋敷の前に着くんだもの」

「へへ、ミアちゃん。そうだろ？　すごいだろ？」

自慢げな表情を浮かべて鼻の下を伸ばすマモンさん。

確かにこの魔法の利便性は凄《すさ》まじいものがあります。

私も一度使ってみたいとは思っていましたが、残念ながら悪魔の強靱《きょうじん》な肉体だからこそ使える代物なのでしょう。

どう頑張っても、人間の体では無理そうでした。

そんなことを考えていると、目の前の屋敷の玄関が開き、中から師匠が姿を現します。

「随分と早いお帰りですね。ルークには会えましたか……？」

「はい。それで、その戻ってきたのは、折り入って師匠に相談がありまして……」

「私に相談？」

私は単刀直入に切り出しました。

師匠相手に回りくどい問答は不要だと判断したからです。

「はい。実は――」

「それは立ち話で終わるような話なのですか？　殿下を立たせるわけにはいきません。屋敷の中で話してください」

私が事情を説明しようとすると、師匠がそう言って遮りました。

彼女の言うとおり、ここで話す内容ではないのでひとまず家の中に入りましょう。

◆

「じゃあ、あたしたちはあなたの使用人さんたちを連れてくるから」

エルザさんとマモンさんが一時的にジプティアに戻りましたが、残った私たちは師匠に促されて応接室のソファーに腰掛けていました。

師匠は私たちが座ったことを確認すると、口を開きます。

「それで、相談というのはなんですか？」

「父が〝悪魔の種子〟の特効薬に必要な素材をこの国で見つけたと思うのですが、心当たりはありませんか？」

素直に私は父のことを尋ねました。

すると師匠は眉をピクリと動かしてこちらを眺めます。

「……確かにあの人はその素材とやらを求めてこの国に来たようです。でも、結局見つけることは叶わなかった。残念ながら私も心当たりはありません」

「そ、そうでしたか。師匠ならば知っていると思ったのですが」

「期待を裏切って悪かったですね。あの人も亡くなるまで頑張っていましたが、結局ヒントすら掴《つか》めませんでした」

あてが完全に外れてしまいました。

オスヴァルト様が仰るように父はなにか見つけたはずだと思っていたのですが、どうやら見当違いだったみたいです。

「しかし一体どうしたというのです？　あなたは結婚式の前にあの人の話を聞きたかっただけではありませんでしたか？　それがどうして薬を作ろうとしているのですか？」

「それはその――」

師匠の疑問はもっともだと思いましたので、私はルークさんもまた〝悪魔の種子〟を患っていることを師匠に話しました。

そして、特効薬に必要な素材がこのジルトニアにあると当たりをつけてこの国に戻って来たことも……。


「――というわけなのです」

「まさかルークもあの人と同じ病を……。それであなたは放ってはおけなくなったのですね。事情はわかりました」

師匠は私の話を聞き終えるとティーカップに口をつけました。

ルークさんが父と同じく〝悪魔の種子〟に体を蝕まれている事実にはやはり驚いているみたいです。

「……しかし残念ですが、あの人は志半ばで薬の完成を諦めました。それは純然たる事実。この国に本当にそのような素材があるかどうかすらわからないのです」

「わからないってことは、あるかもしれないってことですよね？　ヒルダお義母様」

「もちろん。あの人もそれを信じて探していましたから。その可能性はゼロではないと思っていますよ」

ミアの質問に答える師匠の表情は暗く、望みは薄そうな感じでした。

それはそうでしょう。父が生涯をかけても手に入れることができなかったのですから。

「フィリア、どうする？　可能性を信じて探してみるか？　すまんな、俺はこの国になにかあると思ったんだが」

「いえ、オスヴァルト様が謝る必要はありません。私もそう思いましたから」

「じゃあ早速頑張ってみよっか。私も協力するよ！」

私たちは立ち上がり、薬に必要な素材を探すために動くことにしました。

「あら、もうどこかに行こうとしているの？　せっかちね」

「フィリア様～、動きが早すぎてついていけません～」

「薬とやらの原料を見つける、そのために動かれるのですな？」

「情報収集ならば得意分野ゆえ、何なりとご命令を」

リーナさんたちを引き連れて、エルザさんも戻って来られました。

三人にも手伝っていただきましょう。

まずはルークさんから貸していただいた研究資料をもとに、この国で採取できる薬草などを確認してみます。

私はこの国にいたときによく訪れていた図書館へと向かうことにしました。

◆

「……姉さん。これ無理なやつじゃない？」

「ミア、諦めが早すぎるわよ」

「いや、だって。こんなに沢山の本の中から、ヒントを探せって無理じゃん」

私がとりあえずと選んだ書物の数々を見て、ミアはゾッとした顔をしていました。

父がどういう根拠でこの国に来たのかすらわからないのですから、作業は地道を極めます。

「フィリア。とりあえず俺はこの国にしかない薬草をまとめるが、いいか？」

「すみません。お願いします」

「オスヴァルト殿下、受け入れて行動するの早すぎませんか？」

「まぁ、こういうのには慣れている」

オスヴァルト様には以前、神の術式について調べるときなど、何度か手伝ってもらったことがありましたから、そのときと同じ要領でやってもらいます。

「ミア様～、諦めて頑張りましょう～」

「リーナさん。わ、わかったよ。じゃあ、こっちは私が読むわ」

こうしてみんなでジルトニアの図書館にて、資料を読み込むことにしました。

かなりの量がありますが、今回は六人でやっていますからなんとか早く済ませられるはず。

何かしらの手がかりが見つかればいいのですが――。


「わかりました」

「さすがは姉さん！　この量の本を読んで、どんな素材が必要なのかわかったんだね！　はぁ、良かったー。一生分は本読んだもん！」

「そうなのか？　フィリア」

「あ、はい。必要な素材がどんなものなのかは概《おおむ》ねルークさんの研究資料から予想はついていましたが、本を読んで確信が持てました」

「ほう。では、それを見つければ特効薬が作れるってことか？」

「そうですね。ただ、ここにある本をいくら読んでも肝心な素材の在処《ありか》は見つからないということ

も わかりました」

「ええーっ！　姉さん、そりゃないよ」

私がもったいぶったような言い方をしてしまったのか、誤解したミアは露骨に頬を膨らませて不満げな表情を見せます。

残念ながらここでヒントを見つけるのは無理でしたね。それがわかっただけでも一歩前進なんですが。

「なるほどな。つまり必要な素材は把握できたが、素材の在処《ありか》がわからないということだな？」

「はい。ルークさんの研究資料とのすり合わせも同時進行して考えてみました。父が彼と同じくらい研究を進めていたと仮定すると、特効薬まであと一歩。やはり病の原因となるものを抑えるのではなく、既につくった薬から、人体を壊す成分を打ち消すことができる素材を見つけるだけだったはずです」

あの手紙に書いていたことが本当なら、父にもルークさんと同様に薬の完成図は思い描けていたのでしょう。

あと一つ。なにか足りない。そのなにか、は一体なんなのでしょう。

「その素材を探すのは今、俺たちがやっていることだよな」

「はい。父もきっとこうしていたと思うんです。もちろん自分の足でも探していたと思いますが、国内に適当なものは見つからなかったはずです」

「なぜわかる？」

「私も聖女のお務めで国中を回っていたと自負しています。その際、自らの研究として薬に使えそうな薬草は採取していましたから」

「そういえばフィリアとともに薬草を採るために登山したこともあったな。こちらの国でも似たようなことをしていたのだな」

「はい」

オスヴァルト様の言葉を肯定します。

つまりわかったことは、特効薬が完成まであと一歩ということと、この国に薬の素材が存在しないということです。

「でも、素材がないならカミルさんはどうして手紙に思わせぶりなことを書いたのかな？」

「そう。そこなのよ。ミア、私はあなたが手紙を持ってきたことも含めてその点に引っかかっているのよね」

「最初にフィリアに手紙を渡さず、ミア殿に手紙を託したのはヒルダ殿。そしてその手紙には特効薬に必要な材料を見つけたと思わせるような記述がある。……………つまりヒルダ殿はなにかを隠している、と言いたいのだな？」

「はい。そのとおりです」

私はオスヴァルト様の言葉を肯定します。

思えば父の研究に対して知らないの一点張りだったのもどこか変でした。

師匠がルークさんの命がかかっている状況で隠し事をするなどと考えもしなかったので、本当のことを言っていると思いましたが――どう考えても不自然です。

「まさかヒルダお義母様が嘘をついているなんて」

「理由はもちろんあると思うわ。知られてはならないような理由が……」

「だろうな。なんの理由もなくフィリアに嘘をつくはずがない。……問い詰めてみるのか？」

オスヴァルト様は少しだけ声を低くされて、私に質問します。

おそらく簡単には話してはくれない。そう感じているからでしょう。

それだけの理由でなくては、人の命にかかわることで聖女である師匠が嘘をつくなど考えられません。

「病に苦しむルークさんを放っておくわけにはいきません。それに、ここまでかかわっておいて父やエリザベスさんの命を奪った病から逃げ出したくもないのです」

「じゃあヒルダお義母様がなにを隠しているのか、なんとしてでも言ってもらおう！　お義母様は頑固だけど姉さんが本気でお願いすればきっと話してくれるよ！」

「……ミア。そんなに上手くいくとは思えないけど、私も頑固さなら負けないから。引き下がらないわ」

ミアの力強い言葉にうなずいて私はもう一度師匠の家に戻ることにしました。

◆

「どうでしたか？　なにか見つけることはできたのですか？」

屋敷に戻ると師匠は私たちを応接室へと通してお茶を出し、成果を尋ねてきます。

その瞳は少しのゆらぎもなくまっすぐに私を捉えており、なにかを隠しているようにはとても見えませんでした。

「えっと、その……」

いざ話そうとすると、緊張してしまい言葉がつまってしまいます。

——いえ、今さら何を躊躇《ためら》うことがあるのですか。

私はごくりと生唾を飲み込んでから、ゆっくりと言葉を紡ぎ始めました。

「師匠、私たちに仰っていないことはありませんか？」

「……いきなりなにを言っているんです？　フィリア、あなたの言っている意味がわかりません」

やはりまったく動揺を見せないですね。師匠の精神力は私やミアの比ではありません。

もちろん、揺さぶりなどは無意味だと承知していました。

「師匠、父はすでに見つけていたはずなんですよ。特効薬を作る鍵となる素材を。人体に悪影響を及ぼさず病を治す薬を作るのに必要なものは何なのか知っていて……手に入れることができなかったんです」

これは確信に近い推測。オスヴァルト様の言ったように、父は素材を求めてジルトニア王国へやってきたのです。

しかし、私がこの国で聖女を務めていた頃の経験、そして図書館で調べた限りでは、特にそれらしきものは浮かんできませんでした。

それは、なにか重要な事実が隠されているからでしょう。

「師匠、手紙で弟に近況を伝えるようなことをしているカミルが、妻であるあなたにその素材についての隠された事実を言わなかったはずがないのです。だからこそあなたは私に手紙を渡すのを躊躇った」

「………………」

「これは憶測ですが、特効薬を作るのに必要な素材を手に入れるためには大きなリスクがあるのではないですか？」

そこまで話すと師匠はようやく視線を私の目から離しました。

そしておもむろに立ち上がると、部屋を出ていきます。

「姉さんすごいね。そこまで考えていたなんて思わなかったよ」

「うむ。口を挟む隙もなかったな」

ミアとオスヴァルト様は感心したような顔をして、こちらを見ます。

考えをまとめるまで時間がかかりましたが、私は私の推測に自信がありました。

それを受けて師匠がどのような返答をするのか、緊張してその時を待ちます。

「お待たせしてすみませんね。これをあなたにお見せしましょう」

数分後、師匠は私に書類の束を渡しました。

埃《ほこり》を被《かぶ》っている束には、かなりの年月放置されていた形跡があります。

「これは……まさか父の研究資料ですか？」

「ええ、そのとおりです。見せても無駄だと思っていましたので敢《あ》えて見せませんでしたが、そこまで言うのなら見せて諦めさせることにしました」

「諦めさせる？」

「無論、〝悪魔の種子〟の特効薬の開発です」

私は師匠の言葉を受けて父の遺《のこ》したという研究資料に目を通しました。

さすがは兄弟と言うべきか多少の差異はありましたが、大まかな研究成果はルークさんとほとんど同じ。

症状を抑える研究はルークさんのほうが年月をかけている分、先へと進んでいましたが、特効薬の開発は同じような段階で止まっているようでした。ただ、父の研究は――。

「やはり特効薬に必要な最後の鍵となりうる素材を見つけていますね？〝月涙花《げつるいか》〟――これがその素材ですか？」

私がその名を口にすると師匠はゆっくりとうなずきました。

「フィリア、この〝月涙花〟という薬草は知っていますね？」

「ええ、もちろんです。大陸外に自生している希少な植物で、入手が非常に困難なものです」

そう。私も名前だけは知っていました。

大陸外にあるという幻の薬草。万病の霊薬の素《もと》とも呼ばれる非常に希少なものです。

稀《まれ》に大陸外から持ち込まれるらしいのですが、市場にはほぼ流通はしないので手に入れるのは困難を極めます。

しかし、研究資料にははっきりと特効薬の材料としてその幻の薬草の名が明記されていました。

ということは、父はその薬草を手に入れたはずです。

「師匠、父はどうやってその〝月涙花〟を手に入れたのでしょうか？」

入手困難なのは私も知っていますが、入手できなかったものを研究資料に材料として書き残すはずがありません。

父は〝月涙花〟を入手する方法を知っていたのではないのか。そう考えるのが自然です。

「………………ふぅ」

私の問いを受けた師匠は少し考える仕草をして、それから視線を逸《そ》らしました。

やはり、何かを隠しているのですね。

しばらく沈黙が続き、重苦しい空気が部屋を満たします。

「……この国に〝月涙花〟が自生している場所があったのですよ」

「そうなんですか!?」

私は思わず声をあげてしまいました。

まさか、そんな場所があったなんて……。

この国で生まれ育って、聖女としてもお務めを果たしていたのに、全然知りませんでした。

……いえ、一瞬だけその可能性も考えてはいたのです。

ですが、それにしては今に至るまで、なぜ他の人が気付いていないのか。その疑問があまりに大きく、可能性は極めて低いと思っていました。

「ジルトニアとパルナコルタの国境沿いにある立入禁止危険区域。〝魔《ま》障《しょう》火山地帯〟は知っていますね？」

「もちろんです。あそこは聖女ですら近付けない死の領域。えっ？　まさかそんなところに……」

この大陸内に数ヶ所しかない立入禁止区域の一つである〝魔障火山地帯〟。

魔力によって引き起こされる爆発に近い、原因不明の現象が頻発しており、到底人が立ち入れる場所ではありません。

並大抵の人間では簡単に命を失ってしまうことでしょう。

……そんな物騒な場所に〝月涙花〟が自生していたなどとは思いもしませんでした。

「えっと、ヒルダお義母様。そんなところに生えてる薬草をどうやって手に入れたのですか？　というか、なんでそこにあるってわかったんですか？」

ミアは不思議そうに首を傾げながら質問します。

そう、あの場所は立入禁止。入るためにはジルトニアとパルナコルタの二ヶ国からの許可が必要となります。

「それは偶然の産物ですね。二十年以上前になりますが、あの頃はまだ立入禁止となっておらず誰でもあの場所に近付くことはできたのです。とはいえ、危険な場所ゆえ、近付く人間は薬草を探す薬師やお務めのある聖女などを除いていませんでしたが。……ある大爆発が起こった日。近くで探索をしていたあの人は爆風に飲まれて怪我《けが》を負いました。しかし、その爆風で吹き飛ばされたのか、〝月涙花〟の花びらと思《おぼ》しきものが彼の服に付着していたのです」

師匠は淡々とした口調で〝月涙花〟の花びらを入手した過程を説明します。

確かにあの地域は定期的に大きな爆発が起きているので、事故が多発しており、それを問題視したジルトニアとパルナコルタが実質不可侵にするために両国間で協定を結んだのでしたね。

「〝月涙花〟の花びらは特効薬の素材となり得ました。あの人は一時的に回復して寿命を延ばすことができたのですから。ただ、あまりにも量が少なかった……。結局、完全な特効薬を作るには〝月涙花〟そのものが必要だったのです」

悲しそうな表情を浮かべた師匠は、きっと父の死を思い出しているのでしょう。

私が話を聞くことは、師匠に過去を思い出させ悲しさや寂しさを突き付けることになっているのかもしれません。

「じゃあ、まさかフィリア姉さんに諦めさせるって言ったのは？　そんな危険な場所から薬草を持って帰れるはずがない。そう言いたいから……」

「もちろんそうです。〝月涙花〟を持って帰ることは不可能。そもそも今も〝月涙花〟があるという保証はありません。そんなわかりもしない可能性に賭けて立入禁止区域に踏み込むのは無意義だと伝えるためです」

「やっぱり。でもそれならそうだと先に言えば良かったんじゃないですか？　ヒルダお義母様が思わせぶりに手紙を渡したり、情報を隠したりしたせいで私たちは無駄に図書館で調べものをすることになりましたし」

ミアは呆《あき》れたような反応をします。確かに彼女の言うことはもっともです。

決して持ち帰ることができない場所にある幻の薬草なのですから、それを周知すれば済む話のはず。ですが――。

「それはどうでしょうね。私が〝月涙花〟に対して言及しなかった理由をフィリアはわかっているのではないですか？」

「はい。言えば私が取りに向かう。それを予想していたからですね」

「えっ？　ちょっと姉さん!?」

「うむ。フィリアならばそう言うだろうな」

師匠の言葉に応える私にミアが目を見開き驚く一方、オスヴァルト様は静かにうなずきました。

ルークさんを蝕む病を治せるなら、エリザベスさんや父の命を奪った病の特効薬を作れるなら、私は〝月涙花〟を手に入れられる可能性に賭けて行動したいです。

「あなたならそう言うでしょうね。歴代最高の聖女と呼ばれ、大聖女の称号まで得た。できぬことはなにもない。実際に奇跡を何度も起こしてきたあなたなら挑戦したいと思うのは無理もないことです」

「できないことはなにもない。とまでは言いませんが挑戦する価値はあると思っています」

「確かにフィリア姉さんなら、それでも〝月涙花〟を手に入れられるかもしれない」

「……ええ、フィリアなら可能性はゼロではないと私も思います。ですが諦めなさい。それでも大怪我……いえ死んでしまう可能性もあります。あなたがリスクを背負ってまで挑戦するというのなら、私は全力であなたを止めなくてはなりません」

「師匠……。ですがこのままではルークさんが亡くなってしまいます。〝月涙花〟の代用品を見つけるほうが時間的なリスクがあり、効率が悪いのです」

「不治の病で亡くなる人間は他にもいます。あなたの父もそうでした。ルークのことは気の毒だと思いますが、あなたにも命があるのですよ。あんな危険な場所に行ってもしものことがあれば、オスヴァルト殿下に申し訳が立たないと思わないのですか？」

ここまで強く師匠からなにかを止められたことはありませんでした。

修行時代に神の術式を使ってみたいと練習しようとしたときも、ここまでではなかったです。

師匠の言葉にはなにか特別な意思が込められているような気がします。

「ねぇ、ヒルダお義母様。前にフィリア姉さんのことを自慢の弟子だって言っていたじゃないですか。その何事も恐れない探求心と正義感こそ姉さんの力の源だとも言っていましたよね？　心配する気持ちはわかるけど、なんだかいつもよりも感情的じゃないですか？」

そんな師匠にミアが疑問を投げかけます。

そうですね。師匠も私と似て感情を表に出す方ではありません。……言われてみれば今日はいつもと比べて調子が違う気がします。

一緒に暮らしているミアだからこそ、違和感に気がついたのでしょう。

「ふぅ……フィリア。この腕と肩の痣《あざ》……昔、あなたに見せたのを覚えていますか?」

「その痣は……」

その昔、私がまだ子供だった頃。一度だけ見せられた師匠の負った痛ましい傷跡を、今再び目のあたりにしました。

これは師匠が修行時代に負った傷だと聞いています。

私が訓練中にも気を抜かないようにと、見せられたその痕――。

「かつて私は〝月涙花〟を求めて〝魔瘴火山地帯〟へと……あの死の領域に踏み込んだことがあります。これはその時負った傷の痕です」

「えっ?」

「夫が亡くなるのを黙って見過ごしたと思いますか? 私もできることなら〝月涙花〟を手に入れ、あの人を救いたいと思っていました」

当たり前のことを失念していました。

師匠が父を助けたいと考えないはずがないではありませんか。

ですが、父は亡くなり師匠には痛ましい傷跡が残っている。彼女の行動がどのような結果を残したのか容易に想像ができます。

「失敗、されたのですね。師匠ほどの人が挑戦しても……〝月涙花〟を手に入れることはできなかった」

「ええ。あれほど自分の無力さに打ちひしがれたことはありませんでした。フィリア、私もあなた程ではありませんが聖女としての力には自信があったのです。あの頃はまだ若く体力もあり、最も力が充実していた時期でした」

聖女ヒルデガルト・アデナウアーといえば、私が幼い頃は大陸随一の力を持つ聖女として名を馳せていました。

私に施した修行も研鑽《けんさん》によって自らの力を高めた経験をいかしたものです。

そんな彼女が失敗して大怪我を負った。その事実一つを取っても〝月涙花〟を手に入れるために背負う危険性は計り知れないものだと言って良いでしょう。

「もう一度忠告します。〝月涙花〟は諦めなさい。あなたは私を上回る力を持っていますが、それでも経験からわかります。死の危険を背負ってなお成功する可能性は高くない。無駄死にするかもしれないのに行かせるわけにはいきません」

師匠の仰ることはもっともです。

命を賭しても成果を得られる保証もないのに、挑戦するなど愚かな行いかもしれません。

「師匠……申し訳ありません。それでも私は歩みを止めたくありません。〝月涙花〟を用いることで特効薬を作ることができるなら、私は敢えて危険を承知でその可能性に賭けてみたいです」

「私の話を聞いてもなおそんなことを言うとは、あなたも頑固ですね……。一つ聞かせてください。なぜそこまでその薬草にこだわるのですか？」

師匠は私をまっすぐ見据えてきます。

私はその視線に射貫《いぬ》かれ、一瞬息をするのを忘れてしまいました。

でも、ここで怯《ひる》んではいられません。

「父の悲願だった特効薬を完成させたいからです」

「カミルが成し遂げられなかったことを、娘であるあなたが代わりにやるということですか？」

「はい、そうです」

「……………」

私の返事を聞いた師匠は、何も言わずに俯《うつむ》いてしまいました。

昔の失敗。そして愛する夫との死別。辛い経験を話してまで私を止めようとしてくれているのに――私はなんという親不孝者でしょう。

「はぁ、頭の良いあなたなら馬鹿なことは止《や》めてくれると信じていたのに。フィリア、あなたは随分と変わったのですね」

しばらく黙考してから、やがて顔を上げました。

呆れているのか、それとも失望しているのか、彼女の考えはわかりませんが、それでも私は自らの主張を曲げるつもりはありません。

「そうかもしれません。頭では師匠の仰ることが正しいと思っているんです、でも――」

「どんな危険があろうと挑戦してみようと考えているのですね？」

「はい。そのつもりです」

私ははっきりと宣言しました。

すると師匠は目つきを鋭くして、魔力を練り始めます。

「……はぁ、本当にあなたって子は頑固ですね。そういうところはカミルそっくりです」

「えっ!?」

私が父と似ている……？　予想外の師匠の言葉に、思わず声を出して驚いてしまいます。

そんな私を見て、彼女は嬉《うれ》しそうな顔をします。

——こんなに穏やかな表情は初めて見ました。

瞬間、私たちの距離は確かに近くなったような、そんな感じがしました。

慈しむようなその瞳に母という存在を感じたからでしょうか。それに、この魔力は……。

「フィリア、今あなたは私の魔力を肌で感じていますね」

「えっ？　あ、はい。師匠が魔力を練られて私の体を覆っている気がします」

師匠との関係性に思いをはせていると、突然質問を投げかけられました。

咄嗟《とっさ》のことだったので、言葉に詰まってしまったのですが、師匠は特に気にした様子もなく言葉を続けます。

「よろしい。あの危険地域では爆発の瞬間、そのような感覚になります。私はそれを肌で感じて自らの魔力で防御しましたが、一瞬の遅れによって負傷しました」

「……爆発を魔力で防ぐ」

「あの場で起きる爆発は魔力によるものに近いですが、その原因は定かではありません。しかし魔力を集中させれば防御可能だということはこの身をもって知ることができました、何十という爆発をこの身に受けましたが、ね」

まさかそこまで過酷な環境だったなんて……。

そう思うと、師匠が止めようとする理由にもうなずけます。

「そしてもう一つ、爆発の規模には際限がありません。例えば稀とはいえ二十年と少し前の大爆発のようなことが近くで起きれば、いくら防御しても防ぎ切れないでしょう。死のリスクは常に付きまといます」

「そんな……」

「先ほども言ったとおり、あなたが命を懸けたところで何も得られない可能性が高いです。それでもやるのですか？」

こちらの覚悟を確かめるように、師匠は厳しく問い詰めてきます。

彼女の言う通り、危険なことこの上ない話です。

その上、都合良く〝月涙花〟を見つけられるとは限りません。

「だとしても、やらせてください！」

「……いや、ダメだ！　フィリア、さすがに今回は危険すぎる。考え直せ」

先ほどまで静観していたオスヴァルト様が慌てて止めに入ってきました。

いつも優しい彼ですが、今ばかりはその顔つきが険しく見えます。

「オスヴァルト様？……ですが私は、どうしても特効薬を完成させたいんです。どうか、私のわがままを許してください」

「俺もできることならフィリアのことを応援したいし、さっきまでは応援するつもりでいた。だが、ヒルダ殿の話を聞いて気が変わった。これは無茶というより無謀だ。命を懸けるのと、命を粗末にするのは違うだろ？」

私の決意は固いと悟ったのか、オスヴァルト様は諭すような口調で言いました。

冷静に考えて、彼の言い分が正しいのはわかっています。

「ごめんなさい、オスヴァルト様。でも、私は決めたのです。父の意志を継ぐ、と。ここで逃げるようなら、私は一生後悔することになります」

私は覚悟を示すために、勢いよく立ち上がりました。

そして、そのままオスヴァルト様に頭を下げます。

「もう一度言います。お願いです。わがままを許してください」

「――すまない。今回だけは折れてくれないか？　俺は愛するあなたを失うことに耐えられない」

愛しているという言葉を受けて、温かい気持ちになりました。

私も、もちろんオスヴァルト様を愛しています。でも、譲れないものがあるのです。

――私は首を左右に振りました。

「フィリア、どうしてだ!?　あなたが亡くなると俺だけじゃない。ミア殿も、ヒルダ殿も、あなたの周りのすべての者が悲しむんだぞ!?」

オスヴァルト様はなおも悲痛な面持ちで訴えかけてきます。

そうかもしれませんね。失念していましたが、私が死んでしまったら、悲しんでしまう方々がいます。

それでも我を貫いていいものかと迷いが生まれたとき、オスヴァルト様が一歩前に出てきて、両手を握り締めました。

「フィリア、これは妹であるミア殿を助けたり、アスモデウスに戦いを挑んだり、教皇の霊を降ろすために神の術式を使ったりしたこととはまるで違うんだぞ。もっと根本的な問題なんだ。頼むから、考え直してくれ。……もし、万が一のことがあれば、俺はどうすればいいのだ。あなたを失った世界など……考えられない」

絞りだすように、そう言葉にするオスヴァルト様。その姿を見て、私はようやく自分の過ちに気が付きました。

そうです。私にはこんなにも大切に想ってくださる人がいるではありませんか。私はもう、私だけのものではないのです。

その事実を思い出して、私は自分が恥ずかしくなりました。

私は何を一人で勝手に思い上がっていたのでしょうか。誰かを救うことと同じぐらい、自分を大切にすることもまた大事なことでした。

「申し訳ありません、オスヴァルト様。私、少しだけ視野が狭くなっていたようです。これからはもう少し周りを見て行動するべきだと思います」

「フィリア……」

「ですが、すみません。理屈ではなくて、父の無念を晴らしたい気持ちは変わりません。どうか、お願いします」

それでも――。それでも、今回は譲れないのです。

私は深く頭を下げ続けました。

すると、オスヴァルト様がそっと私の肩に手を置かれます。

見上げると彼の顔が間近にあり、その表情は依然として明るくはありませんでした。

「……俺も自分勝手な男だよな。初めて会ったとき、俺はあなたに何一つ不自由させないと誓った。誓ったのに、俺はこうしてフィリアのやりたいことを後押しできずにいる」

「そんな、それは違います。私が――」

「いいや、フィリアは間違っていない。俺はあなたにわがままになってほしいと望んでいた。だから、俺はあなたを止めることができないはずなんだ」

「オスヴァルト様……」

私は思わず目を潤ませてしまいます。

そんな私の頭を、オスヴァルト様は優しく撫《な》でてくださいました。

私はこの方の婚約者で幸せです。私は、彼とずっと一緒に生きていきたい。

ですが……だからこそ、ここで後悔はしたくありません。明るい未来を二人で歩むためにも、父の無念を晴らすことを諦めたくはないのです。

「だが、〝魔瘴火山地帯〟は立入禁止危険区域。聖女であっても入ることは許されない。軍事的な不可侵条約を結んだのと同時に、ジルトニアとパルナコルタの双方の許しがなくては立ち入ることができないからな」

「そ、それは確かにそうですが……」

「兄上の性格を知っているだろ？　兄上は許しはしないぞ。こういう説得の仕方は好きではないから言わずにおいたが……まさか両国間の条約を無視してまで我を通すなどしないだろ？」

オスヴァルト様は畳み掛けるように、理屈で私の主張を抑え込もうとしました。

確かにこのような主張は彼らしくありません。

「すまないな。俺はフィリアに――」

「でしたら、オスヴァルト様。一緒にライハルト殿下を説得してくれませんか？」

「へっ？」

「私は他の誰に反対されてもオスヴァルト様にだけは背中を押してほしいと思っています。オスヴァルト様、私を信じてください。私は必ず生きて帰ってきます。命を無駄にはしません」

無茶をすることはわかっています。ですが私は無駄死になどするつもりは一切ありません。

それを嘘ではないと証明する手段はないのですが、オスヴァルト様には信じてほしいのです。

「……はは、はっはっはっ！」

「お、オスヴァルト様？」

私が彼の目を見つめていると、彼は自分の顔を手で覆いながら声を上げて笑いました。

真剣に話しているのに何故《なぜ》オスヴァルト様は笑うのでしょうか？

「引き止めようとしている俺に、なんで一緒に兄上を説得するように真剣にお願いしているんだ？

いつも沈着冷静なあなたからは考えられぬ言動だ」

「そ、それは……オスヴァルト様はきっと最後には私のわがままを聞き入れてくれるとなんとなく信じていたからです。それなら、先に聞き入れてくれたあとのお願いをしていたほうが時間の節約になるではありませんか」

オスヴァルト様が反対されたことは意外と言いましょうか、まったくの想定外でした。

ですが何故か最後には彼は私を許してくれると思ったのです。

「……フィリアには敵《かな》わぬな。惚《ほ》れた弱みにつけこまれるとは思わなかったぞ。確かにあなたが譲らないなら俺は信じて折れるしかない。あなたを愛しているからな」

「オスヴァルト様、私は決してそんな……」

「ああ、わかっている。あなたにはそんなつもりはないってことはな。だが、俺はどこまでもあなたの味方になるしかないようだ。……ヒルダ殿、裏切ってしまってすまない」

オスヴァルト様は申し訳なさそうな笑顔を師匠に向けます。

きっと師匠の援護をするつもりだったのでしょう。

それが真逆な結果となり誠実な彼としては彼女に悪いという気持ちがあるのです。

「…………」

師匠はその言葉を聞いても無言を貫いていました。

彼女が今、どのようなことを考えているのか私にはわかりません。

「フィリア姉さん。あのさ……、私も姉さんと一緒に命を懸けてもいいかな?」

「ミア、あなた。なにを言っているの？」

ミアはそっと手を握ってきました。

その手は少しだけ震えていて、彼女の緊張が伝わってきます。

思わずミアの顔を見ると、彼女は決意に満ちた表情をしていました。

「私も一緒に〝月涙花〟を採取しに行くわ。もしそれで命を落としても後悔しない。……だって、フィリア姉さんのやりたいことを助けたいんだもん」

「でも、あなたまで危険を……」

思いもよらない発言に私は驚きました。

師匠の話を聞いて無謀ということは伝わらないはずがないのに、この子は私とともに行くというのです。

「うん、覚悟はできているつもり。それに一人よりも二人の方が見つけられる可能性も、無事に帰って来られる可能性も高いでしょ？　ヒルダお義母様だって仲間がいたら成功したかもしれないよ？」

「……それは、そうかもしれないけど」

ミアの主張は理にかなっています。一人よりも二人のほうが成功率が高いのは子供でもわかる理屈でしょう。

しかし、これは私が決めたことです。誰かを巻き込むわけにはいけません。

ミアは私にとって大切な家族です。

大切な妹を危険な目に遭わせるわけにはいかないと思う一方で、私を想っての行動だと分かってしまうため、強く否定することもできないのです。

「姉さん、まさか自分はわがまま言っているのに私に止めろなんて言わないよね？　でも少しはわかったんじゃないの？　ヒルダお義母様やオスヴァルト殿下の気持ち」

「師匠の気持ち？　はっ――」

私はミアにもしものことがあったら、自分が死ぬよりも辛い気持ちになると思いました。

きっと師匠もオスヴァルト様も私が無謀なことをするという主張を聞いて同じ気持ちになったに違いありません。

「姉さん、それでもね。私はフィリア姉さんの悲願の手助けをしたいんだ。これは私のわがままだし、甘えだと思う。……姉さん、今こそお義母様にわがままを言うときだよ。許してもらえるように……さぁ」

ミアは微笑み、私に師匠いえヒルダお母様にわがままを言うように促します。

お母様――私は伯母であり師匠である彼女をそう呼べなかった。でも、それでも、今度こそ。

「……お、お母様！　ヒルダお母様！　どうかお許しください！　私はカミルお父様の命を奪った病を治したい。お父様の悲願だった特効薬を作りたいんです！」

思っていたよりもすんなりと、そして自分でも驚くくらい大きな声が出ました。

どうか私の想いが伝わってほしい。そんな気持ちを込めて私は母に懇願します。

「――はぁ、驚きました。婚約者であり、パルナコルタの王子であるオスヴァルト殿下はともかくとして、別にあなたには私の許可などいらないでしょう。勝手にすれば良いのですから」

ヒルダお母様は、感嘆の声を上げました。

どうやら、本気で驚いているようです。

「許可を取ろうとするのは当然です。私は、娘なんですから。私は誰よりもお母様に認めていただきたいのです」

「……今さら私に母親面してほしいなどと思っているんですか？」

「はい。私はあなたの娘になりたいんです。今すぐでなくても、時間がかかっても構いません。……母娘の関係にはなれませんか？」

私は、勇気を振り絞ってお願いします。お母様に認めてもらうために、今こそ本当の気持ちを伝えるときです。

私の願いを聞いたお母様は、しばらく無言でなにかを考えています。

その無言の時間は十秒にも満たなかったはずですが、この時の私にとっては永遠にも等しい時間でした。

「残念だけど、それはできないわ」

私の願いは、あっけなく断られてしまいます。

覚悟していたことではありますが、ショックなのは確かです。

「フィリア、この歳《とし》になるとね。簡単には生き方を変えられないの。……でも、あなたがどうしても〝月涙花〟を探しに行きたいと言うのなら、私は私のやり方であなたを全力で助けましょう」

お母様は、そう言って優しく微笑みかけてくれました。

私は、嬉しくて思わず涙を流しそうになりましたが、ぐっと堪《こら》えます。

――ここで泣いてしまったら、止まらないような気がしたのです。

「ありがとうございます」

それだけ言うのがやっとでした。

それ以上何かを口にしてしまったら、多分私はいよいよ泣き出してしまいます。

「ところでヒルダ殿。あなたのやり方、とはどんなやり方なんだ」

「オスヴァルト殿下、私にできるのは単純なことです。……あの危険区域で体験したことをできる限りフィリアとミアに教えます」

お母様は、少し呆れたように言いました。

しかし、その言葉を聞いて私は彼女の意図を察します。

どうやら、私とお母様は弟子と師匠という関係のほうが自然みたいです。

「まさか、『お母様』と呼ばれるのが嫌でした？」

「嫌ではないですよ。ただ、私はあまりにも長くあなたの師匠だった。だから、急にお母様と言われても慣れていないだけです」

そういうことでしたか。それならば納得できますね。

先程から、お母様と呼ぶたびに険しい顔をしていたので不思議に思っていたのです。

「では師匠に戻しますか？」

「別にどちらでも構わないですよ。好きにしなさい」

どうやら、私とお母様の師弟関係はまだまだ続くみたいですね。

――ただ、これからは、私とお母様は親子としての関係も深まっていくことになるでしょう。

「それで、フィリア。あなたは、これからどうするつもりです？　私の許しがあったとて、立入禁止区域にはジルトニアとパルナコルタの許可がいるんですよ」

「わかっています。まずはオスヴァルト様とともにライハルト殿下に許可をいただきに行こうかと」

私はそう言いながらオスヴァルト様の顔を見ます。

お母様から話を聞くのも大事ですが、まずは〝魔瘴火山地帯〟に入る話から進めなくてはなりません。

「うむ。兄上に許可を、か。うーーむ。フィリアに押し切られて協力を約束したが、これはヒルダ殿の説得以上に骨が折れるやもしれんぞ」

「すみません。無理を言ってしまって」

「はは、無理には慣れているさ。だが覚悟はしなくては、な」

険しい顔つきになりながらオスヴァルト様は遠い目をされました。

確かにライハルト殿下の性格からして反対されるのは間違いないでしょう。なんとか説得をせねば……。

「じゃあ私はフェルナンド殿下の説得に行ってくるね。多分こっちは大丈夫だと思うよ。フェルナンド殿下、私の頼みなんでもかんでも聞いてくれるし」

「それはいくらなんでもフェルナンド殿下に失礼では？」

「だって事実だよ？　とにかく私に任せてくれたら大丈夫だから」

ケロッとした顔でフェルナンド殿下からの許可取りは簡単だと言ってのけるミア。

この子は婚約者とはいえ一国の王子との交渉に緊張しないのでしょうか。

「フィリア。ミア殿がそう言っているのだから信じよう」

「わかりました。ミア、お願いするわ」

「えへへ任せておいて」

ニッコリと誰よりも可憐《かれん》な笑顔を見せるミアを見て、私は改めて決意します。

――絶対にこの子は死なせないし、私自身も死なないと！

――そして必ず〝月涙花〟を手に入れてみせる、と。

「さて、方向性が決まったところでまたエルザ殿にお願いしなくちゃな。パルナコルタへと戻りたい、と」

「はい。オスヴァルト様、ご協力とご理解感謝します」

「おいおい、固すぎるぞ。無論俺は一度約束したら全力を尽くすさ」

白い歯を見せて笑うオスヴァルト様の手を握りしめて私はヒルダお母様の屋敷を出ました。

第四章 不治の病に特効薬を

chapter Four

「今度はパルナコルタに戻りたいって、あなたも忙しい人ね」

事情を聞いたエルザさんは、苦笑いしながら私の願いを聞き入れてくれました。

「すみません。どうしても、〝月涙花《げつるいか》〟を探すためにライハルト殿下の許可が必要でして」

「まぁ、いいけど。どうせマモンが疲れるだけだから」

「その言い草ァ！　さすがはエルザ姐《ねえ》さん、俺のことを道具だと思ってやがるな！」

「……道具というか奴隷かしら」

「そんな殺生な!?」

エルザさんの態度に大げさにショックを受けた様子のマモンさん。

相変わらずの二人のやり取りを見て、思わず笑ってしまいそうになります。

マモンさんの転移扉を使った移動は本当にありがたい。彼の力がなかったら、気軽に国家間を移動などできないのですから。

「ほら、美人の頼みならなんでも聞いちゃう俺のサービスだ。結婚祝いってことでいくらでも使っていいぜ」

「ありがとうございます」

「悪いなマモン殿」

そしてマモンさんは魔力を集中させて禍々《まがまが》しい装飾の扉を出現させます。

これで、私たちはパルナコルタまで戻ることが可能になりました。

「場所はフィリアちゃんの屋敷じゃなくって、王宮の前で良いんだな？」

「はい。お願いいたします」

次の瞬間にパルナコルタ王宮の前に立っていました。

さっそく王宮内へと入ります。

「おお、オスヴァルト殿下、それにフィリア様、お揃《そろ》いで」

「突然すまぬな。兄上は今どこに？」

「ライハルト殿下は現在、執務室にいらっしゃいます」

王宮の使用人の方から場所を聞いた私たちは、さっそく足を向けます。

執務室にたどり着くと、待つことなく中へ通されました。

「オスヴァルトにフィリアさんですか。どうしました？　お二人とも神妙な顔をして」

「兄上、実はフィリアから頼みがあるんだ……」

「フィリアさんから頼みごとですか？　珍しいですね。どうぞ、おかけください」

ライハルト殿下はオスヴァルト様の言葉を聞いて私たちを執務室のソファーへと座るように促します。

私たちはそれに従って腰かけました。

「それで、フィリアさん。頼みごととはどのようなことでしょう？」

「はい。ライハルト殿下、立入禁止危険区域に入る許可をいただきたく参りました」

「……んっ？　立入禁止危険区域とはあの〝魔瘴《ましょう》火山地帯〟のことですよね？　いきなりそんなことを仰《おっしゃ》るなんて、一体どうしたんですか？」

私の言葉を聞いたライハルト殿下は怪訝《けげん》そうな表情を浮かべられます。

無理もありません。唐突に立入禁止危険区域への立ち入りを許可しろと言われたら誰だって戸惑うことでしょう。

「実は〝悪魔の種子〟の特効薬を――」

私は今までの経緯を説明します。

〝月涙花〟を探し求めて危険地帯に向かいたいという理由まですべて。

「――というわけで立ち入り許可をいただきたく存じます」

私が一通り話を終えるまで、ライハルト殿下は黙って聞いてくれていました。

しかしながら、その表情は険しく、とても許可を出していただける雰囲気ではありません。

「……〝月涙花〟があのようなところに存在する、というお話については興味深く聞かせていただきました」

「ライハルト殿下……」

「フィリアさん、あなたにも言いたいことはありますが、その前にオスヴァルト。あなたがフィリアさんを止めないのはいただけない。婚約者が無謀なことをしようとするのを、止めなくてどうする？　王族としての自覚が足りないのではないか？」

「申し訳ないとは思っている」

オスヴァルト様が頭を下げますが、ライハルト殿下は厳しい口調で続けます。

「軽率な行動は控えてもらわねば困るぞ。あなたが王権に興味がないのは知っているが、それでも王族である以上、国民を守る義務はあるはずだ」

「…………」

「フィリアさんはパルナコルタの聖女。彼女が傷つくようなことがあれば、国全体が動揺してしまう。オスヴァルトよ、彼女の婚約者であるあなたにはその身を賭してフィリアさんを守る義務があるのだ。……こんなことを今さら私の口から言わせないでくれないか」

「うっ……」

何かを言い返そうとされましたがオスヴァルト様は言葉を出しませんでした。

実際、彼は私をきちんと止めています。

ですが、それを言い訳として言わないのは、私の気持ちを尊重してくれたからでしょう。

そんな彼のお気持ちは嬉《うれ》しいのですが、私は黙っていられませんでした。

「ライハルト殿下、オスヴァルト様は私を止めました。ですが、私がわがままを言って無理やり了承を得たのです」

「フィリアさん、弟は結局止めきれなかった。それは止めなかったのと同じです。情けないですよ。感情を優先することはあっても、愛する者を死の危険に晒《さら》すことなどしないと思っていましたからね」

殿下は心底呆《あき》れたような目をオスヴァルト様に向けます。

そして、小さくため息をつきました。

「はぁ……オスヴァルト、私がエリザベスを失ったときのことを忘れたのか？　フィリアさんを失うということはそういうことだ。あなたは私のようになりたいのか？」

「そ、そんなことはない！　俺はフィリアを愛しているし、ともに未来を歩みたいと思っている！」

「ならば、フィリアさんの命を最優先に考えないか！　嫌われることを恐れず、時には愛する者の意にそぐわない決断をくだすのも愛情だと知れ！　そうしなければ、いつか取り返しのつかないことになるぞ！」

ライハルト殿下の叱責にオスヴァルト様は口を閉じます。

そして、殿下は私に向き直ります。

その瞳は先ほどまでの鋭いものとは違い、どこか優しいものでした。

「……フィリアさん、あなたの気持ちもわかります。叔父上のことも気の毒だと思います。しかし、私にはどうしても理解できない。なぜわざわざ危険な場所に赴く必要があるのですか？　あなたの命が失われるとたくさんの人が悲しみに見舞われます。あなたの存在はそれだけ大きいのです」

「ら、ライハルト殿下……」

ライハルト殿下の言葉に思わず胸が熱くなりました。

この方は本当に優しく思いやりのある方なのです。

エリザベスさんが亡くなってから、パルナコルタのためにどれだけ心を砕いてこられたことでしょう。

「フィリアさん、あなたは自分がどれほど大切に思われているかわかっていないようですね」

「そんなことはありません。皆さま、よくしてくださっています」

「いいや、わかっていません。フィリアさん、あなたは我が国の聖女であり、第二王子の婚約者でもある。ましてや、大聖女の称号まで授けられています。そんな方が無理をしてまで、危険区域に出向く道理はありません」

たしかに殿下の仰る通りかもしれません。

今回の件は、私がわがままを押し通しただけ。

冷静になって考えてみれば、殿下の言う通りです。

私の個人的な感情のために国中を混乱させるわけにはいきません。

それは国の安寧を守る聖女として許されざる行為だからです。

そんなことは師匠に叱責されたときからわかっていました。

ですが、ですが私は――。

「ライハルト殿下、私はそれでも諦めるわけにはいきません。父やエリザベスさんの命を奪った病の特効薬を、私は作りたいのです」

「フィリアさん……」

「ライハルト殿下、どうかお願いいたします。私を〝魔瘴火山地帯〟へ行かせてください」

私は立ち上がり深々と頭を下げました。

すると、ライハルト殿下は困ったような声を出されました。

「フィリアさん、頭を上げてください。……わかりませんね。常に冷静沈着で理屈を重んじるあなたが、どうしてそこまでして特効薬を求めるのです？　その気持ちはわかりますが、あなたが命を落とすようなことがあれば、あなたの妹も私の弟も悲しみに暮れることになりますよ」

「ライハルト殿下、ご心配ありがとうございます。ですが、私は決して死にません。必ず生きて戻ります」

「…………」

まっすぐにライハルト殿下の琥珀《こはく》色に輝く瞳を見つめ返します。

どう取り繕ってもわがままになってしまいますし、理屈に合わないことを言っている自覚はあります。

それでも、どうしても譲れないものがありました。

「兄上、フィリアはエリザベスの命を奪ったあの忌まわしき病を憎んでいる。だからこそ、治療法を求めているのだ」

「オスヴァルト……」

「フィリアの気持ちを汲《く》んでやってくれ」

「…………」

ライハルト殿下は困り果てたように眉尻を下げられました。

おそらく、それでも私を止めたいのでしょう。

「俺もあのときの兄上のことはよく覚えている。愛する者を失って、悲しみに飲み込まれて、無気力になっていたよな。俺はそんな兄上に対してなにもできなかった」

「…………」

「でも、フィリアは違う。フィリアなら、兄上の無念な気持ちを晴らすことができるんだ」

オスヴァルト様は私を励ますかのように微笑《ほほえ》みかけました。

そして、彼はライハルト殿下に向き直ります。

「兄上……あなたはエリザベスの病がもしもあのとき治るなら、第一王子という身分も顧みずに命を懸けるくらいのことをしただろう？」

「オスヴァルト、それは……」

「兄上はそれくらいエリザベスを愛していた。だから、もし彼女が助かるのであれば、なんでもする覚悟があった。だが、何もできなかった。それが悔しかったから……あのときあなたは絶望したのではないか？」

「…………」

ライハルト殿下は押し黙ってしまいました。

オスヴァルト様の仰ったことはおそらく当たっているのでしょう。

「ふぅ……」

殿下は無言のまましばらく考え込んでいましたが、やがて小さくため息をつきます。

そして、顔を上げるとどこか諦めたような表情でこちらを見つめました。

「まったく私には困った弟に加えて困った義妹までできるのですか。……ですが、フィリアさん。せいぜい私のことを困らせ続けてくださいね。あなたがいなくなると、許可を出した私が後世馬鹿な王子だと笑われることになりますから」

ライハルト殿下は苦笑を浮かべながらそう言います。

「兄上！」

「ありがとうございます！　ライハルト殿下！」

私はそんな彼の笑みからどことなく嬉しそうなものが感じ取れました。

きっと、いえこれは自分の希望にも近いのですが、殿下にもエリザベスさんについて消化できない気持ちがあったのでしょう。

「礼には及びませんよ。このような酔狂なことをしたのは初めてですが……。フィリア・アデナウアー、そしてジルトニアの聖女ミア・アデナウアー、両名の〝魔瘴火山地帯〟への立ち入りを許可します」

あくまでも事務的で淡々とした声でライハルト殿下は私とミアの立ち入り許可を告げます。しかし、その表情は誰よりも優しく穏やかでした。

オスヴァルト様が説得を手伝ってくれたおかげで、私はなんとか〝魔瘴火山地帯〟へ足を踏み入れる許可を得ることができました。

◆

「なんとか兄上から許可を得ることができたな」

「はい。ミアもきっと許可を貰《もら》って帰ってくるかと思います。今は待ちましょう」

私とオスヴァルト様はライハルト殿下から立ち入り許可を貰ったあと、ヒルダお母様の屋敷へととんぼ帰りしました。

ミアはまだジルトニア王宮から戻ってきておらず、お母様が出迎えてくださります。

「その様子ですとライハルト殿下は許可を出したのですね」

伝えるよりも前に私たちの表情から彼女は察したようです。

「お母様、申し訳ありません」

「フィリア、謝らないでください。あなたが決めたことです。それに、こうなったらもう止まれないでしょう？　ミアが戻り次第、あなたたちに私の知り得る情報を教えます」

「はい。ありがとうございます」

お母様にお礼を言うと、私たちはひとまず客間へと案内されました。

そして、お茶を飲みながら待つこと数刻――。

ようやく、ミアが戻って来ました。

「フィリア姉さん！　ばっちり許可は取れたよ。まぁ、フェルナンド殿下はちょっと嫌な顔したけど、許可してくれなきゃ結婚をやめるって言ったら渋々だけど許してくれた！」

「ミア！　あなた殿下になんてことを！」

「いいじゃん別に。だって、時間がないんだもん。理屈なんか論じていたら何日かかるかわからないよ」

ミアは悪びれもせずにけろっとした顔をしています。

まったくこの子は……。

ですが、おかげですぐにジルトニアとパルナコルタの双方から許可を貰うことができましたね。

「フィリア、ミア殿の言いようも一理ある。俺がフェルナンド殿の立場になることを想像すると同情を禁じ得ないが、とりあえず許可が取れたんだ。謝るのは二人が生きて帰ったあとでもいいだろう？」

「そうですね。まずはお母様から情報を聞き、〝魔瘴火山地帯〟の探索に備えます」

窺《うかが》うようにヒルダお母様へ目線をやると、彼女は私とミアの向かいに座りました。

「フィリア、ミア、よく聞いてください。〝魔瘴火山地帯〟では先程言ったように常に魔力によって引き起こされる爆発のような現象が頻発しています。それを防ぐにはやはり魔力によって防御するしかありません」

「はい。お母様」

「だから、あなた方は爆発を察知したら魔力による結界を張って身を守ってください」

ヒルダお母様の言っている対策は単純ですが、とても難しいものです。

頻発しているということは動きながらずっと気を張っていなくてはなりませんし、実際お母様は失敗しています。

「少しだけ練習していきますか？　練習すれば上手《うま》くなるというものではありませんが、知っておくことに意味はありますから」

「はい、お願いします」

「わかった。頑張ろうね、フィリア姉さん」


それから私とミアはヒルダお母様と一緒に魔力の制御の練習をしたり、感覚を摑《つか》むために実際に魔法を使ってみたりしました。

それは修行時代を彷彿《ほうふつ》とさせる厳しいものでしたが、私たちは懸命についていきます。

「はぁ、はぁ、なんで私たち……危険区域に行く前にこんなに疲れているの？」

「確かに少しだけ疲れたわね。夜明けまで休みましょう」

「う、うん。そうする」

疲れ切った顔をしているミアに私が声をかけると、彼女は屋敷の外庭から中へと入っていきました。

「噂《うわさ》に聞いていたヒルダ殿の修行。想像以上だったな」

「オスヴァルト様、ずっと立って見ていらしていましたよね？　お休みになってくださいと、申しましたのに」

「なにを言うか。フィリアが頑張っているのに俺だけ休んでいるわけにはいかんだろ？」

オスヴァルト様はずっと、立ったままで私たちの訓練の様子を見守ってくれていました。

――本当に、優しい人です。さり気ない彼の優しさに、私はどれだけ勇気をもらったかわかりません。

「歴代最高の聖女、フィリア・アデナウアー。あたしはあなたのことを天才だと思っていたけど違ったのね。こんな訓練を幼少のときから続けていたなんて……」

エルザさんも、呆れた表情を浮かべながらこちらにやってきます。

どうやら彼女も私たちの特訓を見守っていてくれたみたいです。

「退魔師も厳しい修行をされるのではありませんか？」

「もちろん、するわよ。普通の猛特訓を、ね。あなたの師匠の特訓はあたしたちの基準からしても常識外れよ」

「そうでしたか……」

確かに、今回のお母様の特訓はいつも以上に過酷なものでした。

ですが、彼女の真意を知り、特訓に励むと、母の愛を感じることができるのです。

久しぶりのお母様の指導を受けて、私は嬉しくなっていました。

「で、もう深夜だけど、朝になったら出発するの？」

「はい、〝月涙花〟を手に入れるために動くつもりです。朝のほうが爆発が少ない傾向にあるみたいでして」

常に危険な爆発が頻発している中で、幻の薬草を採取するのは、至難の業でしょう。

――それでも、絶対に手に入れてみせます。

せっかくミアが力を貸してくれて、オスヴァルト様がともに命を懸けてくれると言ってくれたんです。

ここで諦めたら、今までの頑張りが無駄になってしまいます。それだけは避けなくてはなりません。

「ふーん。わかったわ。ギリギリの位置までマモンに送らせる。悪魔である、こいつなら人間より多少は爆発に耐性があるはずよ」

「あまりアテにしないでほしいんだな。僕ァ確かに頑丈にはできているが、爆発を何度も受けたらさすがに死んじまうぜ」

「あら、そうなの？　じゃあ死んだらお気の毒ってことで」

「ヒデェ！」

どうやら、悪魔であるマモンさんといえども何度も爆発には耐えられないみたいです。

首を切断されても生きているという、とんでもない生命力の持ち主なのですが魔力的な爆発には無防備みたいです。

それでも、彼の力は頼りになります。

なんせ、転移扉で近くまで運んでくれるだけで大助かりなのですから。

「マモンさん、危険地域の外でお願いします。爆発の危険に巻き込むわけにはいきませんから」

「さっすが、フィリアちゃん。姐さんと違って優しいんだなぁ」

「とにかくフィリアも早いところ休むがいい。疲れているだろ？」

「そうですね。少し寝て、体調を万全にしておきます」

オスヴァルト様に促され、私は早朝になるまで仮眠を取ることにします。

さすがに疲れていたか、ミアは自室にも戻らずにソファーでぐっすりと寝ていました。


「もう起きたのか？　まだ時間があるだろ？」

一時間くらい寝て起きると、ずっと起きていたらしいオスヴァルト様が声をかけてこられました。

私よりも彼のほうが休むべきだと思うのですが、私が頑張っているのに休めないの一点張りなのです。

「効率よく体力を回復する術を覚えていますので、これだけ寝れば大丈夫です」

「そうか。それならばいいのだが……」

なにかを言いたそうにして、オスヴァルト様はそれを堪《こら》えているのか、歯を食いしばっているように見えます。

やはり本当は私が危険を顧みずに死地へと向かうのが許せないのでしょうか。

「とんでもないわがままを言ってしまって、申し訳ありません」

私はオスヴァルト様に頭を下げました。

これで何度目になるのかわかりません。何度頭を下げても許されないと思うのですが、そうせずにはいられなかったのです。

「おっと、フィリア。頭を上げてくれ。もう俺は反対していない。じゃないと兄上を説得なんかしないさ」

「オスヴァルト様？」

頭を下げた途端に、オスヴァルト様は焦ったような声を出しました。

慌てて頭を上げると、私の視線の先には困ったような表情が浮かんでいます。

「だがな、俺は悔しくて仕方ないんだ。最愛の女性《フィリア》が命をかけようとしているときに、俺は祈ることしかできない」

オスヴァルト様は自らの心情を吐露します。

なぜ、そんなことを仰るのか、私には理解できませんでした。

彼は私の自分勝手な我儘を受け入れて、ライハルト殿下の説得にも協力してくれたのです。

そんな彼になにも助けられていないなど、どうして思うでしょう。

「オスヴァルト様、聞いてください。私、本当のことを言うと嬉しかったのです。オスヴァルト様が必死で私を止めてくださったとき。あのとき、私は確かにあなたの愛を感じたんですよ」

「フィリア……？」

「そして、一緒にライハルト殿下を説得してくれると仰ったときも、嬉しかった。オスヴァルト様の想《おも》いが伝わってきて、私はあなたなしでは生きられないと確信しました」

私は自分の胸のうちを語ります。

こんな身勝手なことを言ったら、怒られるかもしれません。でも、どうしても伝えたかったのです。

私は、あなたがいないと生きていけないのだと。

「オスヴァルト様、私の人生で一番の幸運はあなたと出会えたことです。そして、人生で一番の奇跡はあなたに愛してもらえたことです。本当にありがとうございます。私は今、とても幸せですよ？」

精一杯の感謝を込めて、言い切ります。

すると、オスヴァルト様は目を見開いて固まってしまいました。

その顔は次第に真っ赤に染まり、最後には耳まで赤くなってしまわれます。

――ど、どうかしたのでしょうか？

「時々、あなたはストレートに言葉をぶつけてくることがある。そういうところは、素直に可愛《かわい》らしいと思うよ」

「そ、それはどういう意味ですか？」

「そのままの意味だ」

「それがわからないと申しているのですが……」

昔から可愛げがないと言われてきた私ですが、オスヴァルト様は時々こうして、よくわからないことを仰ることがあります。

でも、なぜでしょう。いつも彼のそういった言葉を聞くと全身が熱くなってしまうのです。

「俺もフィリアをこうして抱きしめられる奇跡に感謝したい」

「お、オスヴァルト様……」

ぎゅっと、力強く抱きしめられてしまいました。まるで、逃がさないというように……。

「死なないでくれ。俺はこの手であなたに触れられない世界に耐えられる気がしない」

切なげな声で、オスヴァルト様は囁《ささや》きます。

私だって同じ気持ちです。彼の温《ぬく》もりを知らなければ、きっと私はどこかで折れてしまっていたはずです。

「大丈夫です。必ず〝月涙花〟を手に入れて、生きて帰ってきます。オスヴァルト様との結婚式を挙げるまでは死にたくありませんから」

「ああ、そうだな。フィリアのウェディングドレス姿、俺は楽しみにしているんだからさ」

「オスヴァルト様ったら。ふふふ」

私たちは、お互いの顔を見て笑い合いました。

それから、しばらく紅茶を飲みながら、雑談をしてミアが起きるのを待ちました。


「おはよう、姉さん。おはようございます、オスヴァルト殿下」

ミアが起きてからは、すぐに出発の準備に取り掛かります。

と言っても特に持っていくものはないので、すぐに終わりましたが。

「なにも得られない可能性もあります。ですが、あなたたちは私の自慢の弟子です。必ず生きて帰りなさい。危なくなったら引き返しなさい。待っていますよ」

お母様は最後に私たちにそんな言葉をかけてくださいました。

彼女の目は今まで見たことがないような、優しさに満ちており、涙を堪えているのか少し潤んでいるように見えます。

「ヒルダお義母様《かあさま》、泣いているのですか？」

「こら、ミア！」

遠慮なく指摘するミアに私はびっくりして、彼女の顔を見ました。

いたずらっぽい笑顔を見せる彼女は、この状況でも普段どおりです。

「ミア、あなたの言うとおりです。あなたが帰ってきて、さらに厳しい修行で鍛えられないと想像すると、残念で涙が出そうになりましたよ」

一瞬にして冷徹な睨《にら》みをきかせるお母様。

その威圧感は、私が最も恐れているものでもあります。

「うう、冗談で和ませようと思ったのに、生きて帰っても、生き残れるかわからなくなっちゃった……」

「冗談を言う相手くらい選びなさい」

「えへへ、そうだね。じゃあ、その反省を活《い》かせるように生きて帰らなくっちゃ」

ニコリと笑顔を見せるミアは呑気《のんき》な声を出しました。

そのいつも通りの姿が今は頼もしく感じます。

「まったく、大聖女さんも、妹さんも、これから命を張るというのに、冷静なものね。聖女なんかよりも、退魔師のほうが向いているんじゃないかしら」

「クールなフィリアちゃんも、チャーミングなミアちゃんも、素敵だぜ。さぁて、じゃあそろそろ、扉を開かせてもらうがいいな？」

エルザさんが声をかけて、マモンさんが魔力を全身に集中させながら私たちに問いかけます。

いよいよ〝月涙花〟を採取するために、〝魔瘴火山地帯〟に向かうときがきたのです。

「ええ、いつでも大丈夫です」

「私も姉さんと同じく準備万端ですよ」

私たちはうなずいて、マモンさんの顔を見ました。

すると彼は魔法陣を展開させて禍々しい装飾の大きな扉を出現させます。

「フィリア！　信じて、待っているからな！　ミア殿！　フィリアを頼む！」

オスヴァルト様はそんな私たちに大きな声で激励をしてくれました。

その力強い声は私に活力を与えてくれます。

「ありがとうございます。オスヴァルト様。必ず生きて帰ります！」

「オスヴァルト殿下、大丈夫ですよ。私がフィリア姉さんを絶対に死なせはしませんから！」

私たちも彼の声に応えて、力強く返事をしました。

もう怖いものなどなにもありません。心身ともに万全だと言い切れます。

「オスヴァルトの旦那とのお別れも済んだところで、お二人さん。お望みの地点と繋《つな》がったぜ」

マモンさんが扉を開いて私たちに中に入るように促しました。

「わかりました」

「よし、頑張ろうね。姉さん」

私はミアと見つめ合って、互いに頷《うなず》き合い、マモンさんの開いた扉の中に足を踏み入れます。

真っ暗になり、一瞬だけ視界が閉ざされましたが、すぐに景色は殺風景な荒野へと変わりました。

◆

「ここが、火山地帯の影響がないギリギリのポイントか。なるほど、空気が魔界よりも淀《よど》んでいるんだなぁ」

扉を抜けてすぐに、マモンさんは辺りを見渡しながらそんな感想を口にします。

確かに、ねっとりとした異様な空気のせいか、不快な感じがしますね……。

「マモンさん、待っていらっしゃらなくても大丈夫ですよ？　ここまで送っていただけただけでも十分です」

私はエルザさんに命じられて、この場で待つというマモンさんに声をかけました。

危険区域の外ではありますが万が一ということもあります。

「気遣ってくれてありがとな。ま、心配すんなって。多少なにかあったところで問題ねぇよ。首がもげても生きている僕だぜ？　それにフィリアちゃんたちを連れて帰らなかったら、僕ァ、エルザ姐さんに殺されちまうんだなぁ」

ニタリと笑顔を見せて、マモンさんは岩の上に腰掛けました。

どうやら、本当に私たちが帰ってくるまで、ここで待っているようです。

「フィリア姉さん。マモンさんって思ったよりも義理堅いんだね」

「ミアちゃん、思ったよりもって、そりゃあねぇよ。僕ァ美人との約束は死んでも守る男なんだからさ」

ミアの言葉に涙目になるマモンさん。

屋敷に住んでいるときは猫の姿をしていましたし、確かに彼はエルザさんの無茶をなんでも聞いているような気がします。

「それではマモンさん。必ず戻りますので、待っていてください」

「おう。任せといてくれ。焦んなくていいぞ。悪魔は人間よりもずっと気が長いんだ」

私は彼に一礼すると、火山地帯の方を見据えました。

絶えず爆発が起きているのか、「ドォン」という爆発音がこだまして鳴り響いています。

「危険区域に入ったら集中力を切らさないようにするのよ。常に指先から全神経を集中させること」

「うん。わかっているよ。フィリア姉さん」

再び、お互いの顔を見合わせて頷くと、私たちは目的地に向かって歩みを進めました。

あと数分進んだ先は爆発に巻き込まれる可能性があるので、気を引き締めねばなりません。

「気楽に話せるのが今だけだから言っておくね。フィリア姉さん……私、姉さんと肩を並べて、こうして同じ目標に向かうのが本当はすごく嬉しいんだ」

「ミア？」

「不謹慎だけど、ずっと憧れていた姉さんに命を助けてもらったから――これくらいじゃないと、とても恩返しできないと思っていたの」

まさか、そんなことを考えているとは思っていませんでしたので、私はかなり驚いています。

命をかける、などということを肯定的に捉えるなど、無謀なことをしている自覚のある私ですら、考えてもいませんでしたから。

ミアは冗談でそんな発言はしません。ですから、これは彼女の本音なのでしょう。

「フィリア姉さん――私はいつもどんなときも、絶対に姉さんの味方だよ」

「……ありがとう。でも、あなたが味方でいてくれる、私はそれだけで何度も救われているわ。……恩返しなんてしなくてもいいのよ」

「うん。だとしても、私はこうして姉さんの隣に立っていたいよ。やっぱり」

大きく背伸びしたミアは、ようやくこちらを見て、幸せそうに微笑みました。

ジルトニアで数多くの人に希望と癒やしを与えた、彼女の笑顔。私もミアの笑顔に何度も救われ

ました。

死地に向かう緊張感の中でも、その愛らしさは健在で、私の心の中にある勇気が奮い立ちます。

「私にはもったいない妹ね……」

「そんなことないよ。だって、いつだって、私の中の憧れは変わらないし、色褪《いろあ》せないんだから――お姉ちゃん」

「ミア、あなたが来てくれて良かったわ」

その妹の言葉に返事をすると、私は精神を集中させました。

なぜなら、危険な領域に入ったからです。

ここから先は気を抜くと命取りになります。私たちは互いに頷きあって歩みを進めました。

「思った以上に酷《ひど》い状況ね。それに分厚い雲に覆われていて薄暗い」

「立入禁止って当たり前だよ。魔力で防御してなかったら、今ごろ右腕がなくなっているもん」

私は左足、ミアは右腕にすでに爆発の洗礼を受けてしまいました。

爆発の瞬間、魔力に覆われるような感じがするので、咄嗟《とっさ》に小さな結界を作りなんとか防いでいます。

お母様の言うとおり、強固な結界を一瞬で作らなくては防ぎきれないという状況は骨が折れますし、命がけの作業です。

それにしてもこの場所はなんて厚い雲に覆われているのでしょう。

今にも嵐が吹き荒れそうなくらい重たく黒い雲によって、この場所は陽《ひ》の光がほとんど遮られていました。

視界が悪いので足元には常に注意が必要です。

幸いなのは〝月涙花〟は淡い光を発している花だと聞いていますので、暗いほうが見つけやすいということでしょうか。

「ヒルダお義母様、怪我《けが》をしたのによく生きて戻れたね。無傷ならともかく、あんな跡が残るような大怪我じゃ集中力がもたないよ」

「そうね。足が無事だったのが幸いしたんだと思うわ。他の場所なら治癒術《ヒール》で応急処置しつつ、なんとかなるもの」

そんな会話をしている間も「ドカン」という嫌な音が鼓膜を刺激しながら、周囲で爆発が絶えず起こっています。

なるほど……この辺りはマナの濃度が不安定を極めていて、それが魔力の暴発に繋がっているのですね。

大昔に魔界と天界が切り離されたとき、地上に様々な天変地異や次元の歪《ゆが》みが生じて災害が起こったという記録が残っていますが、この場所もその影響でマナが乱れているのかもしれません。

「これだけマナが不安定な状況だと古代魔術は使えないわね」

「あ、それ。私も思ったよ。防御に魔力を消費してもマナを吸収して回復すればいいやって思っていたんだけど。これだと――」

「ええ、不安定なマナを取り込んだことでさらなる歪みが生じて……下手をすれば体内で爆発が起きるかもしれないわ」

「うわぁ、そんなにえげつないことが起こるんだ。取り込むの難しいから無理って言おうとしたんだけど」

私の言葉にミアは苦笑いしました。

しかし古代魔術が使えないとなると、かなり動きが制限されます。

ミアの言うとおり大気中のマナを吸収して自分の魔力の量を回復させるつもりでしたから……。

「防御に使う魔力の量などを計算すると、動けるのは一時間と少しくらいかしら」

「うん。だったら一時間後にここで落ち合うことにして、二手に分かれて〝月涙花〟を探したほうが効率が良いよね」

「そうね。一時間経《た》ったらここで合流しましょう」

合流地点を決めて、私たちは〝月涙花〟を探すために、二手に分かれます。

もちろん、闇雲に探すわけではありません。

普通に考えて爆発が頻発する場所に花が咲くはずがないのです。

ならば〝月涙花〟はこの危険地域の中でも爆発が起きていない場所……いわゆる安全地帯があり、そこに咲いているのではないのかと。そう予想ができたのです。

「高いところから探したほうが良いですね」

さっそく岩の上に登って遠くを確認してみます。

しかしそういった場所は見当たりません。

見える範囲内ではどこもかしこも爆発が起きていて、安全そうな場所などなさそうでした。

魔力を回復することができないので僅かな時間しか探索できない。しかも油断すると即死するという危険性を含みながら……。

これは〝神の術式〟を使ったとき以上に神経が摩《す》り減ります。

「まだ時間はある。とはいえゆっくりしていられないのは確かですね。急がねば」

精神的な負荷は私の想定を上回っており、焦っている自分に気が付きました。

——落ち着きましょう。オスヴァルト様やミアが私にはついています。

目を閉じて、一秒にも満たぬ間に精神を統一させた私は落ち着きを取り戻しました。

そのときです。ドカンという音とともに足場にしていた岩が破裂して、蒸気が吹き出したのは——。

◆

——っ!? 今、一瞬だけ意識が飛んでしまったようですね。

いつの間にか横たわっていた私は慌てて上体を起こします。

目の前の景色が全然違っている——どうやら、咄嗟に防御姿勢を取りましたが、大きく吹き飛ばされてしまったみたいです。

「足場としていた岩場自体が吹き飛ばされるとは……。迂闊《うかつ》でした」

いつもなら、これくらいの衝撃を受け流すことは簡単なはずですが、自分の身を爆発から守るのに全神経を使いすぎて、対応がわずかに遅れてしまいました。

「とにかく立ち上がらないと——。あ、足が……!?」

——参りましたね。意識が飛んでいた間にも爆発が起きていたのか右足を負傷してしまいました。

血がダラダラ流れていて、早く治療をしないとかなり不味《まず》いです。

「……ヒール！」

本当ならばセント・ヒールで治したいところですが、一時的に回復に集中するとまた爆発に巻き込まれる危険性がある上に、魔力の残量も怪しくなります。

セント・ヒールは魔力消費が激しいという弱点を、マナを扱う古代魔術でカバーしていた魔法なのです。

ミアの悪酔いを治す程度の理由で気楽に使えていたのも、マナを吸収してすぐに魔力の回復が行える算段があったからこそでした。

マナの吸収が行えない今、魔力の消費は最低限に抑えておきたいところです。

「しかし、魔力の消費を抑えたところで、この足では果たしてミアと合流できるかどうか」

今から合流地点に行き、ミアと合流して、安全地帯へと回避することができれば助かると思います。

しかし爆発によってかなりの距離を吹き飛ばされ、戻るよりも前に魔力が切れる可能性が高いです。その上――。

「足の治りが思ったよりも遅い……、このままでは確実に……」

魔力が切れてしまうと爆発から無防備になってしまいます。

死の危険が迫っても、まだ冷静さを保っていられるのは日頃の特訓の賜物《たまもの》なのか、それとも実感ができていないのか、それはわかりませんが、おそらく後者でしょう。

――私とて、死にたくありません。

オスヴァルト様と結婚して、幸せな家庭を築く夢を持っていて、それは既に手の届くところまで迫っていたのです。

それを彼やお母様、そしてライハルト殿下の忠告を聞かずに身勝手な行動をしたがゆえに壊してしまうなど、歴代最高の聖女、大聖女という肩書きが、聞いて呆れます。

――最後の最後で驕《おご》ってしまっていたのでしょう。

なんでもできる気になっていて、亡き父の無念もきっと晴らせるという過信が、こんなことを招いてしまった。

いいえ、後悔するのはまだ早いです。希望を捨ててはなりません。

私は精神を集中して周囲を見回します。

きっとなにかこの絶望的な状況を打破する手立てがあるはずです……。

『フィリア！』

えっ？　これは幻聴でしょうか。知らない男性の声が聞こえたような気がします。

反射的に声がした方向を向くと、光が雲を割って地面にできた窪《くぼ》みに差し込んでいる様子が見えました。不思議とあの場所からは爆発の気配がしません。

私は負傷した足を引きずりながら、吸い寄せられるように光が差し込んでいる場所へと歩いていきました。


――なんと幻想的なのでしょう。

その花が視界に入った瞬間、あまりの美しさに足を止め、見惚《みと》れてしまいました。

光によって照らされているのは、月色の光を放つ幻の薬草――〝月涙花〟。まるで花畑のように広がり、光が当たっている空間だけ煌々《こうこう》と輝いています。

その神秘的な光景は、今までに見てきたどんなものよりも美しく、そして儚《はかな》くて壊れやすいもののように感じられました。

ヒルダお母様、ついに見つけました。あなたが父を救うために探し求めていた薬草がそこに――。

「きゃっ！」

足元が爆発して、私は目の前の花畑から遠ざかるように吹き飛ばされます。

幻想的な光景に目を奪われて、私は一瞬の気の緩みから防御が遅れて今度は直接足を負傷してしまいました。

とにかく早く応急処置をしなくてはなりません。怪我《けが》さえ治すことができればまだ希望はあるはずです。

「ヒール！　ま、魔力が足りません……」

まさかここまで追い詰められた状況になるとは――。私は愕然《がくぜん》として自らの負傷した足に視線を送ります。

ヒールが使えないほどに枯渇した魔力に、再び負傷した足。

私の置かれた状況は一気に悪化しました。

「でも、動かないと……、ここで諦めてはオスヴァルト様に申し訳が立ちません」

這《は》ってでも動くのです。

父の悲願を達成するための材料をせっかく見つけたのですから……。

――ここで死を待つなどあり得ません！

この美しい景色を見られたことが最期の幸運だったなどと思いたくありません。

「――っ!?　また爆発!?」

這いつくばって〝月涙花〟へと近づこうとしているのに――今の防御で魔力が完全に尽きてしまいました。

……これは聖女が、国の利益ではなく、私利私欲のために動いた罰でしょうか。

「ごめんなさい、オスヴァルト様。それにミア、お母様。……それに私に良くしてくださったパルナコルタの皆さん」

次の爆発か、その次の爆発で私は死んでしまうでしょう。

いよいよ覚悟するしかなさそうです。

後悔はありますが、これが神から下された審判なら仕方ない――。

「……ア姉さん！」

「――っ!?」

「フィリア姉さん！　手を伸ばして！　こっちだよ！」

そのとき、ミアの叫び声が聞こえました。

声がしたほうに視線を向けると、〝月涙花〟の花畑に彼女の姿が見えます。

予想外の姿に私は目を見開いて、驚きました。

「驚いている場合ではないわ」

ミアは光の鎖をこちらに伸ばしています。

私も力を振り絞って光の鎖に手を伸ばします。

「フィリア姉さん！」

ミアは必死な表情で、鎖を摑んだ私に叫びに近い声を発しました。

まったくこの子は……。

「素晴らしい聖女になったわね。ミア……」

それは、ずっと以前から感じていたことです。

ミアはいつかきっと、私など足元にも及ばないような、そんな素晴らしい聖女になると――。

「フィリア姉さん！　無事で良かったわ！」

今、その予感は確信に変わりました。我ながら身びいきがすぎるのかもしれませんが、ミアのもとに辿《たど》り着き、抱きしめられたとき、私は彼女の姉であることがあまりに誇らしく震えてしまっていたのです。

「……ありがとう、ミア。あなたのおかげで助かったわ」

「こんなのなんてことないよ。ほら、見て。〝月涙花〟がこんなにたくさん！」

幻想的な輝きを発する〝月涙花〟の花畑に囲まれて、私は自慢の妹にお礼を言いました。

「大きな爆発のあと岩山が崩れる音がしたと思ったら、フィリア姉さんが飛ばされるのを見て、驚いたよ。なんとかしなきゃって。あんなに頭を働かせたことはなかったな」

必要な分だけ〝月涙花〟を摘み終わったあと、ミアはそう呟《つぶや》きました。

どうやら私が吹き飛ばされた高さなどから、どの辺りに落下したのか概算して助けに来てくれたみたいです。

「怪我の有無や程度もわからなかったから、とにかく急ごうって必死でさ」

「それで私を探す中、先に〝月涙花〟を見つけたのね」

「うん。姉さんの予想どおり爆発が起きてないということはマナの流れが安定していたから、こっちに姉さんを引き込むことさえできればセント・ヒールも使えるし、魔力も回復できるって思ったんだ」

ミアの行動は驚くほど迅速でした。爆発を防ぐために繊細な魔力のコントロールを要求されていたにもかかわらずです。

最速の聖女。そんな異名のある彼女は私以上のセンスで迅速な行動を実践して、最短で私を救出してみせたのです。

私にはミアを称賛する言葉が見つかりません。

「間に合って良かったよ。ねっ？　フィリア姉さん」

「ええ、あなたのおかげで命が救われたわ。感謝しても――」

「そのあとの言葉は要らない。私は恩を返しただけだし、そもそも妹が姉さんを助けるのは当たり前のことなんだから」

ミアは私の唇に人差し指をあてて、ウィンクしました。

満足そうに笑うその顔は、前よりずっと大人びていて、別人のようにも見えます。

「ミア、じゃあお礼は言わないわ。……でも、これだけは言わせて。あなたの成長に驚いた。あなたは最高の聖女よ」

「フィリア姉さん――なに言っているの？　最高の聖女はいつでも、ずーーっと姉さんに決まっているじゃない」

愛らしい笑みを浮かべ、ミアは私の手を握りしめました。

この子はいつだってこうして私の背中を見て、追いかけようとしてくれています。

「はぁ、ミアがそう言うのなら私はあなたに誇ってもらえる姉になれるように頑張るわ」

「もうなっているのに……。変なフィリア姉さん」

ミアはそう微笑みながらマナを吸収して魔力を体内に充実させました。

私も魔力は十分に回復しました。それにセント・ヒールによって怪我をした右足も完治しましたし、動くことができそうです。

「帰りも気が抜けないわね」

「うん。わかっているよ、フィリア姉さん」

戻るのも命がけ。

しかし、私たちは〝月涙花〟を守りつつ、なんとか〝魔瘴火山地帯〟から脱出することができました。

探索するときと違って戻りのルートははっきりわかっていましたし、二人で注意し合って爆発にも対応できたので戻りのほうがかなり楽でした。

◆

「おおーい！　フィリア！　ミア殿！　良かった！　無事だったんだな！」

〝魔瘴火山地帯〟から脱出して、マモンさんにヒルダお母様の屋敷まで送ってもらうとオスヴァルト様が駆け寄ってこられました。

少しの時間しか離れていないはずなのに、彼の顔が懐かしくすら感じます。

「オスヴァルト様！　危ないところもありましたが、ミアが――」

「さすがは姉さん、よね！　こんなに沢山の〝月涙花〟を見つけて持って帰るんだもの！」

「んっ？　おおっ！　すごいな。幻の霊草と呼ばれる〝月涙花〟を束で手に入れたのか！」

ミアに助けてもらった話をしようとすると、彼女は大きな声でそれを遮りました。

そして秘密に、と言いたいのか、人差し指を口の前にもってきています。まさか、彼にいらぬ心配をかけないように配慮してくれているのでしょうか。

「これは……信じられません。まさか、これほどの量を手に入れるなど」

「ヒルダお義母様からの情報があったからこそですよ。それで、私とフィリア姉さんが力を合わせれば、ねぇ？」

「えっ？　あ、はい。幸運が重なり、上手くいきました」

お母様も持ち帰ってきた〝月涙花〟の量に驚愕《きょうがく》している様子です。

私は命が助かったという嬉しさのほうが大きくて、あまり意識していませんが、これは快挙だと言っても過言ではないのでしょう。

「幸運が重なったですって？　ならば、あなたたちが努力し協力し合って幸運を呼び寄せたのでしょう。……まったく、フィリア、そしてミアも私の自慢の弟子です」

私たちが無事に戻ってホッとしてくれたのか、お母様の表情は穏やかでした。

弟子として褒めていただき、私も嬉しかったです。

「へぇ、自慢の弟子。それだけですか？　お義母様」

しかし、ミアはそんなお母様の声に不満げでした。

一体、どうしてでしょうか……？

「はぁ、わかりました。……二人とも自慢の娘です」

「お、お母様……」

「上手くミアに乗せられましたが、フィリア。よくやりましたね。きっとあの人もあなたを自慢の娘だと、天国で自慢していると思いますよ」

その「自慢の娘」という言葉は何よりもの勲章かもしれません。

胸の中の熱さを感じながら、私はこの瞬間の喜びを噛《か》み締めました。

さぁ、〝月涙花〟は見つかりました。

やるべきことはあと一つ。ルークさんの病状が悪化の一途を辿る中で悠長にしていられません。

私はエルザさんのほうを見ます。

「で、今度はジプティアの薬師さんのところに行くんでしょ？　マモン！」

「へいへい。悪魔使いが荒い姐さんだぜ」

エルザさんもこちらに来てくれて、マモンさんに早速指示を出します。

これを使えば〝悪魔の種子〟の特効薬が完成するはず。ルークさんの病もきっと治るでしょう。

「お母様、お礼はまたいずれ」

「そうですね。礼などは不要ですが、また積もる話をしましょう」

「結婚式で会えるもんね。姉さん、ルークさんによろしく伝えておいて」

「ええ、わかったわ」

私はお母様とミアに挨拶をして、マモンさんが開いた転移扉に入りました。

もちろん、オスヴァルト様やリーナさんたちも一緒です。

「フィリア様～、ご無事で良かったです～。リーナは心配で、心配で～」

「リーナ、あまり泣くでない。フィリアが困っているだろう」

「しかし、今回ばかりはこのレオナルドも不安でしたぞ。フィリア様、よくぞご無事で」

「私も主君を失った日には腹を切る覚悟でした」

転移扉を抜けて、ルークさんの邸宅の前にたどり着いたとき、いっせいに声をかけられました。

どの言葉も私を心配していたというものです。

「……皆さん、ご心配おかけして申し訳ありません」

「フィリア様～、謝らなくてもいいですよ～。良かったじゃありませんか～。ルー、なんでしたっけ？　とにかくフィリア様の叔父様を助けられるのですから～」

「ルーク様です。リーナ、名前はきちんと覚えなくてはなりませぬぞ」

「フィリア様が叔父上殿の病を放って置くことなどできぬと、我々も承知しておりました」

こんな私の無謀を笑顔で許すというリーナさんたち。

私はどれだけ人に恵まれているのでしょう。

パルナコルタに来たばかりの頃から、皆さんは私のためにずっと力を貸してくださりました。

「ありがとうございます。……リーナさん、レオナルドさん、ヒマリさん。これからも至らぬ私の側《そば》にいてください」

「「「――っ!?」」」

私が頭を下げると、しばらくの間沈黙が支配しました。

も、もしかして、不謹慎なことを言ってしまいましたか？　よく考えてみると心配をかけたあとの言葉として不適切だったかもしれません。

「フィリア様～！」

「り、リーナさん？」

「私はいつだって、フィリア様のお側にいますとも～！　たとえ、世界が終わろうとも～！」

リーナさんが涙を流しながら飛びついてきたので驚きました。

すっごく泣いています。どうしたら、良いのでしょうか……。

「リーナ、意味がわからぬことを言ってフィリア様を困らせるな。……主君の側にいるのは当然の務め。私は最高の主君を持つことができたと思うております」

「ヒマリと同意見ですな。フィリア様にこのレオナルドもどこまでもお供させていただく所存です」

ヒマリさんはリーナさんを引き剝がし、レオナルドさんとともに頭を下げます。

皆さんの心遣いが胸に染み渡りました。

「お前たち、フィリアをあまり足止めするな。エルザ殿やマモン殿にも付き合ってもらってるんだぞ」

「あら、私はこういう茶番は好きよ」

「もう～、茶番とか言わないでくださ～い！　エルザさん、ひどいです～！」

「僕ァ、リーナちゃんの純粋な気持ち好きだなぁ」

なにやら騒がしくしてしまいましたが、ここはルークさんの家の前。

オスヴァルト様の仰るとおり、長話は全て終わって屋敷に帰ったあとにしましょう。

「すみません。それでは、改めてルークさんのところに向かいましょう」

私たちは玄関の扉へと足を進めました。

◆

「これが幻の薬草〝月涙花〟。そうでしたか、兄は最後の素材を見つけていたんですね。……しかし、あの〝月涙花〟をこんなに短期間で見つけてこられるとは驚きましたな」

ルークさんは〝月涙花〟を見て目を丸くして驚かれました。

幻と呼ばれた霊草なので、そんな反応をされるのも無理ありません。

「ええ、妹に助けてもらい何とか手に入りました」

「そういえばフィリア様もミア様も聖女でしたな。ふーむ。聖女とはやはりすごいのですなぁ。いとも簡単に〝月涙花〟を手に入れるのですから。ありがたい、ありがたい」

ルークさんは頭を下げてまるで祈るような仕草をしました。

本当はかなりの苦労というか、死にかけてしまったのですが、そんなことを言うと病床のルークさんに悪いと思いますので黙っておきましょう。

「どうか頭をお上げください、ルークさん。これからお薬を作りますので、お礼はご病気が治りましたらお聞きします」

「……そうですか。フィリア様、それではよろしくお願いいたします」

彼は顔を上げて、うなずきました。

良かった。この前とは打って変わって、ルークさんの目の輝きは生きる希望に満ちています。

彼の希望を実現させるために、私は父の悲願を今こそ達成しなくては……。

〝悪魔の種子〟は私の父と、ライハルト殿下の婚約者……エリザベスさんの命を奪っています。

いくつもの因縁があるのです。ここまできたら最後まで頑張りたい。

薬師としての知識には多少自信はありますので、父とルークさんの研究資料を頭に入れれば完璧な特効薬を作ることができるはずです。

こうして私は特効薬を作ることになりました。

父、カミルの悲願を達成して、必ずや病に苦しむルークさんを救ってみせます。

◆

それから数日間、私はルークさんの研究室で薬の作成に取り組みました。

幸い父の遺《のこ》した資料と彼の研究は、〝月涙花〟を原料に加えた際の微調整のみ行えば完成という状態でしたので、薬を作ること自体はそれほど難しくはありませんでした。

「フィリア様、なんという手際の良さ。見事な腕前です」

「いえ、私こそルークさんの研究資料を見せていただき勉強になりました」

「いやいや、こんな短期間で完成させてしまうとは非凡という言葉では足りないくらいですよ……」

目の前にあるのは黄金に輝く粉末。これが〝月涙花〟を利用して完成した〝悪魔の種子〟の特効薬です。

これを飲めば、ルークさんもきっと元気になるはず。私はそう確信しています。

私は確信していますが――。

「やはり飲むのは怖いですよね。〝月涙花〟には他の薬草の成分が毒となり体を蝕《むしば》むのを阻止する役割がありますが……」

「フィリア、それってもしかして。〝月涙花〟が上手く機能しないとまずいってことだよね？」

「ええ、この薬は毒薬とも言えるものになるでしょうね。もちろん、理屈上ではそうならないようになっていますが、あくまでも理屈です。〝悪魔の種子〟の患者が飲むのはルークさんが初めてですので――。あっ！」

そのとき、ルークさんは私が処方した特効薬をなんの躊躇《ためら》いもなしに飲んでしまいました。

薬師であったルークさんならその怖さは誰よりも知っているはずなのに……。

「……私は兄であるカミルこそ最高の薬師だと信じていました。その兄が遺した研究成果を娘であるフィリア様が完成させてくれたのです。信じないはずがないではありませんか」

ルークさんは笑顔を見せました。

この方は兄である父のことを信頼して――。

そう考えるとなんだか私も嬉しくなります。

それから、この日はルークさんの家で彼の病状の経過を見ました。


そして翌日。


「……前に症状を抑える薬を飲んでから――」

「ええ、二十四時間はもうすぎています。無事、特効薬が効いてくれて、私のつくった薬を飲まずとも発作が起きなくなったみたいです」

「良かったです。完治までにはまだ時間がかかると思いますが……、おそらく数日薬を飲めば症状はほとんどなくなるかと思います」

「ええ、それは実感としてなんとなくわかります。フィリア様……、今日までありがとうございました」

ルークさんは目に涙を浮かべて何度も頭を下げます。その瞳からは強い生命力を感じました。

本音を言えば病が完治するところまで見届けたいですが、これ以上パルナコルタを空けるのも気が引けます。

あとは父とルークさんの研究資料を信じて彼の回復を願うべきでしょう。

「ルークさん、頭を上げてください。また会いましょう。ですから、どうかお元気で」

「はい。……フィリア様、オスヴァルト殿下、お達者で。病が治りましたら必ず結婚式に出席させていただきます」

「いや、ルーク殿。病み上がりなのにそこまでしなくても良いぞ」

「いいえ、フィリア様には元気になった姿を必ずお見せしなくては」

私たちはルークさんにお別れを言って、パルナコルタへと戻ることにしました。

エルザさんたちにもついてきてもらっていますし、やはり長居は無用なのです。

「あなたたちとの旅行も終わりだと思うと寂しくもあるわね」

「へへ、今のは本音だろ？　エルザ姐さん」

「……ええ、そうかもしれないわ。でも、あたしたちは暇になればいつでも会いに行けるもの。平気よ」

「違いないや。フィリアちゃん、とりあえず次会うときは結婚式だ。花嫁姿楽しみにしてるぜ」

こちらのお二人が居なければ特効薬を完成させることはできなかったでしょう。

エルザさんには背中を押してもらい、マモンさんには助けていただきました。

感謝してもしきれません。

「エルザさん、マモンさん、この度は――」

「要らないわよ、礼なんて。あたしたちが好きでやったことだもの。それにいつも言ってるでしょ？　あなたにはアスモデウスや教皇の件での借りがあるって」

「エルザさん、そういうわけにはいきません。それはもう十分に返してもらっています」

「フィリアちゃん、ごめんな。姐さん、一度言い出したら聞かねぇんだ。さぁ、扉は用意した。ほら、早いところ入ってくれ」

きちんとお礼を言いたかったのですが、エルザさんは聞き入れてくれませんでした。

そして、私たちはマモンさんに急《せ》かされるようにして、再びパルナコルタへの扉へと足を踏み入れます。

最初はヒルダお母様に付き添い人になってくれるようにお願いする旅だったはずなのに、まさか命をかけて薬を作ることになるとは……国を出発するときには考えもしませんでした。

「ふぅ、ダルバートから帰ってきたときも思ったが、やはり故郷の空気が一番体に馴染《なじ》む気がするよ」

「オスヴァルト様……。すみません、長々と付き合わせてしまい」

「おっと、そういうつもりで言ったんじゃないんだ。楽しい旅の終わりに馴染んだ空気を吸うとホッとする感覚があってな。俺はそれが好きなんだよ」

屋敷の庭に到着するなり、オスヴァルト様は伸びをして気持ち良さそうな表情をされました。

馴染みの空気を吸うのが好きとは、なんとも彼らしい言い回しです。

「屋敷の空気を入れ替えてきますね～」

「保存性の良い食材しか残しておりませんでしたので、買い出しに行って参りましょう」

「掃除をしてまいります」

リーナさんたちは帰ってくるなり、慌ただしく動き始めました。

どことなく、三人とも表情が安らいでいるように見えます。

「それじゃ、あたしたちは帰るわね」

エルザさんたちはリーナさんたちが動くのを眺めたあと、私たちに声をかけました。

名残惜しいですね。別れの瞬間のちょっとした寂しさ――この感覚には慣れられそうにありません。

「エルザ殿、マモン殿、礼は良いと言っていたが……達者でな」

「くれぐれもご病気などなさらないようにお気をつけください。また会える日を楽しみにしていますね」

「ええ、あなたたちも元気で。結婚式には必ず行くわ」

「じゃあ、またな。お二人さん！」

いい笑顔で再会を約束してくれた二人は扉をくぐり、ダルバートへと帰っていきました。

「……オスヴァルト様、ごめんなさい。反対を押し切ってまで我を通してしまって。あのときはミアが口を挟んで言えませんでしたが、実は私――」

「すまないな、フィリア。俺の方こそ覚悟が足りなかったよ。あなたなら大丈夫だと信じ抜けば良かったんだ。格好悪いところ見せてしまったな」

危うく死にかけてしまったことを、告白しようとするとオスヴァルト様はそれを遮り謝罪します。

私のほうこそ謝らなくてはならないのに……どうして？

「オスヴァルト様、聞いてください。私は――」

「いや、聞くのはやめておくよ。何となくミア殿の態度から何があったのか察しはつく。そんなことより、フィリアが今、俺の側にいてくれていることのほうが嬉しいんだ。本音を言えば、もう二度とこんな無茶なことはしないで欲しいけどな。だが、これからもフィリアの意志は尊重したいと思っている」

私が何をしようとしていたのかを察している様子のオスヴァルト様は、真剣な眼差《まなざ》しで私を見つめています。

本当に優しい方です。だからこそ、心配をかけたことを深く反省していたのですが……。

「ありがとうございます。でも、ご心配おかけしたことだけは謝らせてください」

「うむ。……今回は難しかったが、どうしても無茶しなくてはならないときは俺も一緒に行こう。

あなたの力になるよ」

「ありがとうございます、オスヴァルト様」

思いもよらぬ展開になりましたが、今回の旅は幕を閉じました。

しかし、まだやるべきことは残っております。

「エリザベスさんのお墓にも報告に行かないといけませんね」

「ああ、そうだな。兄上にも報告をしたいところだ。なんせあれだけの反対を押し切ったんだからな。ヒマリに手紙は先に届けさせて無事なのは知っているだろうが……」

「ええ、そうですね。ライハルト殿下にお礼を言わなくては」

そして、私たちは王宮へと向かいました――。

「いい天気ですね〜。フィリア様」

リーナさんが窓の外を見ながら言います。

今日はとても穏やかな気候です。

どこまでも澄んだ青い空は見ているだけで心が落ち着きます。

「あ〜、すっごくきれいなお花ですね〜。これが〝月涙花《げつるいか》〟、ですか〜？」

私が部屋でマナの濃度を上げた容器の中で育てている〝月涙花〟を見て、リーナさんは目を輝かせます。

そう。私は〝月涙花〟の研究を始めたのです。

特効薬が完成してルークさんの命が助かったとしても、それで〝悪魔の種子〟に打ち勝ったのかと言えばそうではありません。

薬の量産。それができてこそ、本当の意味で打ち勝ったとエリザベスさんや父に報告ができるのだと思います。

マモンさんの力を借りれば〝月涙花〟をあの場に取りに向かうことは可能ですが、〝魔瘴《ましょう》火山地帯〟は立入禁止危険区域です。

中に入るにはジルトニア、パルナコルタの両国の許可が必要な上に、マモンさん自身はダルバートの教会に所属する退魔師であるエルザさんの使い魔。

つまり〝月涙花〟を手に入れるためには三ヶ国がかかわる必要がありますし、その量にも限りがあります。

となるとやはり急務になるのは〝月涙花〟自体の栽培法を確立して、量産することでしょう。

「ライハルト殿下とフェルナンド殿下、さらにダルバートでは教皇様が協力をして、大陸全土で研究を開始できるようにしてくださったんですよ」

今回、採取した〝月涙花〟と情報を大陸全土の研究機関で共有できるようにして、より多くの人が研究に参加できるようになりました。

〝魔瘴火山地帯〟の環境と光は〝月涙花〟の成長に重要な要素だということが大きなヒントとなっているはずなので、私もそれをもとに研究を進めています。

「へぇ～、じゃあフィリア様もそれで研究しているんですね～」

「はい。ルークさんも薬師として復帰され、ジプティアで研究のお手伝いをされているとのことです」

おそらく……いえ確実に大陸内の人間で初めて不治の病と言われていた〝悪魔の種子〟を完治させたルークさんは薬師としての仕事も再開しました。

その上でジプティアの研究所で〝月涙花〟の栽培方法の研究にも携わっているみたいです。

先日私はそれを彼からの手紙で知りました。

「フィリア様、ボルメルンよりグレイス殿がご挨拶に参られたとのことです」

「グレイスさんがこちらに？」

「はっ。今は応接室でお待ちいただいております。結婚式の前にぜひ話をしたいとのことです」

「分かりました。すぐに向かいますね！」

そう、明日は私の結婚式なのです。

オスヴァルト様と婚約してから色々とありましたが、ついに明日……私は結婚します。


「フィリア様！　ご結婚おめでとうございます！　このグレイス、マーティラス家を代表してお祝い申し上げますわ！　明日の式が楽しみすぎていてもたってもいられませんでしたの！」

「グレイスさん、ありがとうございます。なんだか照れてしまいますね」

「ふふ、フィリア様らしくありませんの。堂々となさってください」

「はい、頑張りますね」

応接室に入ると、グレイスさんが笑顔で迎えてくださいました。

会うのは久しぶりですが彼女の明るい雰囲気のおかげで、緊張せずに済みます。

それから私たちは近況を報告しあって、他愛のない話をしました。

「……フィリア様がリズ姉様の命を奪った病の特効薬をお作りになられた話はわたくしも感銘を受けましたわ。一番弟子として鼻が高いですの」

目を輝かせながらグレイスさんがそう口にします。

彼女はエリザベスさんと生前仲が良かったようですし、思うところがあるのでしょう。

「ライハルト殿下からも褒めていただきました。……エリザベスさんは愛されていたのですね」

「フィリア様……」

オスヴァルト様と報告に行った際、ライハルト殿下に頭を下げられ驚きました。

『フィリアさん。あれだけ危険区域に向かうことを反対していたにもかかわらず、こんなことを言うのは如何《いか》にも虫の良い話ですが——エリザベスの無念を晴らしてくれてありがとうございます』

婚約者であったエリザベスさんへの想《おも》いがどれだけのものだったのか、私の想像力では推し量るには及ばないところがありますが、顔を上げられたときの彼の表情は今までに見たことがないほど穏やかでした。

「ボルメルンではエミリーお姉様が〝月涙花〟の研究に半ば強引に携わっていますわ。フィリア様の影響でいろんな分野の勉強をされるようになりましたから」

「まぁ、そうでしたか。エミリーさんにもよろしくお伝えください」

「わかりましたの。お姉様ったら、必ずフィリア様よりも効率的な栽培方法を編み出して見せると張り切っていますのよ。無謀ですのに……」

ため息をつきながら紅茶に口をつけるグレイスさんは、台詞《せりふ》とは裏腹にどこか誇らしげな顔をしていました。

きっと本当は努力家のエミリーさんのことを尊敬しているのでしょう。

「——それでは、明日のフィリア様のウェディングドレス姿を楽しみにしていますわ」

「ええ、わざわざ訪ねてきてくださってありがとうございます」

一通りお話をし終えたあと、グレイスさんはペコリとお辞儀をして屋敷をあとにしました。

時間はお昼過ぎ。そろそろ彼女たちもこちらに着く頃でしょうか。

その予想どおり、次の訪問者が来られたのはそれから一時間ほど経過したときでした。


「フィリア様～。またお客様が来られましたよ～。ミア様とヒルダ様です～。どうぞ～」

「フィリア姉さん！　結婚おめでとう！　本当はもっと早く来たかったんだけど、ギリギリまで聖女のお務めがあったから――」

「聖女としての務めを出来る限り行うのは当然でしょう。フィリアもあなたが怠けることは望んでいないはずです」

ミアとお母様が話しながら屋敷の応接室に入ってきます。

二人は聖女の務めに追われているので忙しいのですが、約束通り、なんとか時間を作って駆けつけてくれました。

「ミア、それにお母様もよく来てくださいました」

「姉さんの晴れ舞台だもん。お義母様《かあさま》も楽しみにしていたんだから」

「別に楽しみというほどではありません。ただ、あなたが人生において幸せを摑《つか》む瞬間が見られることは嬉《うれ》しく思います」

お母様はこれまでに見たことのないほど、穏やかな表情で微笑《ほほえ》みかけます。

ミアやお母様に祝福されながら結婚できるなど、この国に来た頃は思っていませんでした。

こうして今日のこの日を迎えられて、どれほど幸せなことでしょう。

「フェルナンド殿下は明日到着するんだって」

「そうですか。式が終わりましたらご挨拶しませんと。あのときのお礼も言わなくてはなりません
し」

「うん。私から伝えておくね。手紙にも書いたけどフェルナンド殿下は喜んでいたよ。殿下も体調が悪かった時期が長かったし、病で苦しむ人たちを救う研究が大きく進んだのは素晴らしいことだって」

ミアは嬉しそうにフェルナンド殿下の話をします。

私はわがままで動いた手前、高尚なことをしたと言われてしまうと若干罪悪感もあるのですが、結果として人を助けることに繋《つな》がったこと自体は誇らしく思っています。

「お母様も明日は付き添い役の件、よろしくお願いします」

「ええ、心得ています。あなたに恥をかかせることはありませんので、安心なさい」

「元より、そのような心配はしていないのですが……」

淡々と私の言葉に返事をするヒルダお母様。

今、考えると感情を表に出さない性格は母親に似たのかもしれません。

そう考えると以前はコンプレックスであった自分の性格も母娘の絆《きずな》のように思えて好きになれるような気がしました。

「フィリア、前にも言いましたが今さら母親面はできません。ですがあなたの新たな門出は嬉しく

思っています」

「お母様……」

ヒルダお母様はそれだけ私に伝えると、静かにリーナさんの紅茶に口をつけるだけでなにも仰《おっしゃ》ってくれません。

それでも、じんわりとぬくもりが胸に染みるのはどうしてでしょう。

きっとこうして同じ空間にいるだけで話さずとも心の中でたくさん会話ができるからかもしれません。

お母様……私にはわかっております。私は愛情を最初から手にしていたのですね。

それに気付かなかっただけで……ずっと私は愛されて今日まで歩いてきたのです。

「フィリア姉さん、明日が楽しみだね」

「ええ、そうね。オスヴァルト様との結婚も楽しみだけど、なにより多くの方に祝っていただけることが嬉しいわ」

ミアの言葉に私はうなずき、再び窓の外の空を見上げます。

相変わらず一点の曇りもない快晴。明日は素晴らしい日になりそうです。

◆

「パルナコルタ大聖堂。いよいよ私は……」

結婚式の当日、私は式が行われるパルナコルタ大聖堂にやってきました。

先日、修繕工事が終わったばかりの大聖堂は、厳かな空気に包まれています。

白を基調としたデザインで、その美しさはまさに神の御業《みわざ》と呼ぶにふさわしいものでした。

「さぁ、フィリア様～、あとはこちらで着替えるだけですよ～」

「ええ、お願いします」

私は試着のときと同様にリーナさんとヒマリさんに手伝っていただき、純白のウェディングドレスに着替えて、控室でその時を待ちます。

「フィリア様～、すっごく、すっごくお綺麗《きれい》でございます～。うぅ、涙が止まりません～」

感極まって泣いてしまっているリーナさん。

まさか涙を流すとは思いませんでしたので、私は慌ててハンカチを手渡します。

「リーナさん、泣かないでください。試着のときにもご覧になったではありませんか」

「だって、今日のフィリア様があまりにもお美しいんですもの～。試着されたときも感動しましたが、今日は格別です～。ぐすん、ハンカチありがとうございます～」

涙をハンカチで拭いながら、リーナさんは尚《なお》も感想を口にします。

彼女の素直さや純粋さにも何度も助けられました。

「リーナ、いい加減にするのだ。フィリア様が困っておられる」

そんな彼女を見かねたのか、ヒマリさんが注意します。

ヒマリさんはいつも凜々《りり》しく、リーナさんと同様に頼りになる方でした。

「ヒマリさ～ん。じゃあ、ヒマリさんは～、フィリア様のウェディングドレス姿を見ても～、涙は出ないんですね～？」

「なっ!?　そ、それは……私とて感動はしているが」

彼女の表情が途端に崩れ、眉がピクリと動きます。

よく見ると彼女の目は少しだけ赤くなっておりました。

「ほら、やっぱり同じじゃないですか～」

「いや、これは違うぞ！　決して私は――」

「お二人とも、もうよろしいではありませんか。私は嬉しいんです。こうして私のことを想ってくれているだけで、十分です」

「「フィリア様……」」

私の言葉を受けて、二人は口を閉じます。

そして、私たちがこれからの段取りを確認しながらその時が来るのを待っていると、扉がノックされました。

「はいは～い。花嫁の付き添い人のヒルダお母様の準備が整いましたので～、フィリア様、いよいよで～す」

リーナさんが確認をすると、どうやらお母様の準備ができたようです。

私は立ち上がり、リーナさんとヒマリさんと一緒に式場に入場すべく、ゆっくりと歩き始めました。

「フィリア、改めておめでとうと言わせてもらいます。……まさか、私があなたの結婚式で付き添い人になるとは思いませんでした。今でも少し実感がないくらいです」

「ヒルダお母様……」

「私はあなたの師匠であり伯母にすぎませんでしたから。……いえ、止《や》めておきましょう。きっとあの人も、カミルもお綺麗な花嫁姿を天国で喜んでいるはず。私が言いたいのはそれだけです」

そう言うと、お母様は目を細めて微笑みます。

父もきっと喜んでくれている。ヒルダお母様の言葉は私の心の中で響き渡りました。

「フィリア様、こちらへ」

そして、式場の入り口へと辿《たど》り着きます。

ヒマリさんの声に導かれるように、私は一歩ずつ前に進みました。

――いよいよ結婚式が始まるのです。

「フィリア、準備はいいですか……」

「はい、お母様。行きましょうか」

私は付き添い人であるヒルダお母様の腕に手を回し、彼女と一緒に歩いて式場の扉を開きました。

◆

静寂に包まれた大聖堂。

その空間には私とヒルダお母様の足音だけが響いています。

オスヴァルト様は純白のタキシード姿で、すでに祭壇の前に立っていました。

私は彼のもとへ歩み寄り、隣に並び立ちます。

「驚いたな。どんなに美しくなるのかと想像はしていたのだが、俺の想像力はどうやら貧弱のようだ。毎日のようにあなたと会っていたのに、これほど美しい女性を思い浮かべることができなかった」

「まぁ、オスヴァルト様はお上手ですね」

「世辞が苦手なのは知っているだろう。フィリア、あなたの美しさに皆が目を奪われている」

目が合うなり、オスヴァルト様からドレス姿を褒められて胸が高鳴ります。

彼の言葉に嘘《うそ》がないことはわかっていましたが、正直だからこそ照れてしまうのは致し方ないでしょう。

「それではオスヴァルト・パルナコルタとフィリア・アデナウアーの婚姻の儀式を開始します」

式を取り仕切るのはもちろんヨルン司教です。

彼は私たちの準備が整ったことを確認し、儀式を開始しました。

「汝《なんじ》、オスヴァルト・パルナコルタは病める時も健やかなるときも、フィリア・アデナウアーを愛し続けると誓いますか？」

「ああ、もちろんだ。俺はフィリアだけを永遠に愛し続ける」

迷いのない真《ま》っ直《す》ぐな瞳で彼は答えます。

私はその言葉を嬉しく思うと同時に、胸の奥が熱くなるのを感じました。

「汝、フィリア・アデナウアーは病める時も健やかなるときも、オスヴァルト・パルナコルタを愛し続けると誓いますか？」

「はい。私もずっとお慕い申し上げることを誓います」

「では、指輪の交換を」

ヒルダお母様が純白の箱を取り出し、蓋を開けると中には白金の指輪が入っています。

私はそれを受け取ると、オスヴァルト様の薬指にその指輪をはめます。

続いてオスヴァルト様も同じように私の薬指に指輪をはめてくださいました。

「それでは誓いの口づけを交わしてください」

ヨルン司教の言葉を受け、私たちは向き合いました。

そして、お互いの顔を見つめ合うと、私はそっと目を瞑《つぶ》ります。

――この瞬間、私の心の中に様々な想いが溢《あふ》れ出しました。

これまでの日々や出会いの数々、そして、これから先の人生を共に過ごしていくということへの喜び。

全てが複雑に絡み合って、私の心を揺さぶります。

私はそれらの感情に身を任せて、そのときを待ちました。

そして、彼の唇が優しく触れます。

少しして柔らかな感触が離れ目を開くと、少しだけ照れたような表情のオスヴァルト様がそこにはいました。

「……フィリア」

彼が私の名を呼んでくれる。それはいつもと変わらない何気ない一言でしたが、なぜかとても特別なものに思えました。

「はい」

私は短く返事をすると、もう一度彼の顔を見上げます。

するとオスヴァルト様ははにかむように微笑み、再び私を抱き寄せてくださったのです。

「フィリア……、前にも言ったが俺と結婚してよかったと思ってもらえるよう、努力するよ」

「ふふっ……。もうそんなこと言わなくてもよろしいではありませんか。私はあなたと結婚できて良かったと思っているんですよ」

「……そうか。ありがとう。俺もフィリアと結婚できて幸せだ。愛している」

彼の腕の中が世界のどんなところよりも安心するのは何故《なぜ》でしょう。

この胸のうちから湧き上がる感情はきっと私が長い間欲してきたものです。

「これで二人は神の御前《みまえ》にて夫婦となると認められました！……おめでとうございます！」

ヨルン司教が私たちの結婚を認めると、それに呼応するように参列者の方々からも祝福の声が上がります。

大切な方々に見守っていただく中で、私たちは無事に結婚式を挙げることができました。

◇（ヒルデガルト視点へ）

未《いま》だに娘の……フィリアの結婚式に出席していることが信じられない。

聖女になって、この子を生んで、奪われ、この子の師匠として見守り、その間にも毎日神に祈りを捧《ささ》げ続けていたが、今日ほど神に感謝した日はなかった。

静まり返る大聖堂には私とフィリアの足音だけが響いている。

もちろん結婚式には国中……いえ各国から多くのゲストが来ていた。

しかし、その誰もが息を呑《の》んでこの子の幸せへの門出を静かに見守っている。

視線をふと上に向けると巨大なステンドグラスが目に入った。

世界の誕生と神を表現しているかのような絵が描かれている。

あの絵はオスヴァルト殿下のお祖父様《じいさま》、つまり先代のパルナコルタ国王が描かせたもので、彼が一番好きな絵画でもあったと、ヨルン司教という方に教えていただいた。

そんな他所事《よそごと》を考えるということは私もそれなりに緊張しているのだろう。

あのフィリアが――私の娘が結婚をするという晴れ舞台。このような形で彼女と並んで歩くとは、この子を奪われた日には思いもよらなかったことだ。

フィリアの表情は朗らかだった。私と同じく表情の変化が乏しく可愛《かわい》げがないと言われていると知ったときは罪悪感に苛《さいな》まれたものだ……。

しかし、この子はよく笑うようになった。

そんな奇跡《まほう》は歴代のどんな聖女にも使うことなどできなかっただろう。

彼女に人としての当たり前の感情を取り戻させてくれたのは間違いなく彼のおかげ――。

祭壇の前でフィリアを待つ……オスヴァルト殿下。

殿下、フィリアを聖女としてではなく一人の人間として見ていてくれてありがとうございます。

あなたがこの子の感情の薄さすらも、個性として温かく受け入れてくれたのは、少し話をしただけでもよくわかった。

良いところも悪いところもまるごと愛してくれるような殿方に巡り会えたのは、この子にとって最大の幸運だと言えるだろう。

フィリアが彼のもとへ歩み寄り、隣に並び立ったので、私は付き添い人として祭壇の傍らで彼女たちの門出を見守った。

フィリアと目が合うなり、オスヴァルト殿下は彼女のドレス姿を褒めているようだ。

あの子が頬を赤らめている。照れているのだとすぐにわかった。

――あのような顔もするようになったのですね。

殿下とともにいるとき、フィリアはジルトニアにいたときには見せなかった表情をするようになっていた。

それは知っていたが、今日のあの子はあまりにも幸せそうにしているので、私にはそれが新鮮で……胸に込み上げてくるものがある。

「それではオスヴァルト・パルナコルタとフィリア・アデナウアーの婚姻の儀式を開始します」

式を取り仕切るのは例のヨルン司教です。

彼はフィリアたちの準備が整ったことを確認すると誓いの儀式を開始した。


互いに誓いの言葉をかけ合ったのち、私は純白の箱を取り出し白金の指輪をフィリアに渡す。

フィリアはそれを受け取ると、オスヴァルト殿下の薬指にその指輪をはめる。

続いてオスヴァルト殿下も同じようにフィリアの薬指に指輪をはめられた。

「それでは誓いの口づけを交わしてください」

ヨルン司教の言葉を受け、フィリアたちは向き合う。

そして、お互いの顔を見つめ合うと、口づけをかわした。

……離れた後、幸せそうに見つめ合う二人。

たとえフィリアが望んでも今さら母親ぶるなどできそうもない。

けれども心の中でだけはあなたの母でありたい。

それはあの子が幼いころ師として厳しい修行を課しているときからずっと変わらない想いがあったからだろう。

――幸せになりなさい。それが私のたった一つの願い。

互いに愛を確かめ合うその空間はまるで二人だけの世界。そんな使い古された言葉が自然と思い浮かぶほど、他の誰も寄せ付けない。そんな雰囲気を醸し出していた。

私の願いは叶《かな》った。あの子は間違いなく今日という日、最も幸せな女性だろう。

嬉しそうに笑うフィリアを見ていると自然に目頭が熱くなってきた。

――いけませんね。あの子の門出は笑って見送ると決めていたというのに。

「これで二人は神の御前にて夫婦となると認められました！」

ヨルン司教がフィリアたちの結婚を認めると、それに呼応するように参列者の方々からも祝福の声が上がる。

「ヒルダお義母様、フィリア姉さん幸せそうですね」

「ええ、そうね」

「……ハンカチ、使ってください」

「ミア、あなたがそれを使いなさいな。私は自分のものを使います」

「えっ？　あはは、なんか幸せすぎて気付かなかった。姉さん……おめでと」

ミアもきっと私と同じ気持ちなのだろう。

いえ、この子のほうがフィリアへの想いは強いかもしれない。

頬を伝わり流れる雫《しずく》を拭う彼女は誰よりも姉を慕い、そして追いかけていたから。

オスヴァルト殿下だけでなく、ミアという妹の存在もあの子にとって幸運だったのだ……。

「フィリア……あなたは私とあの人があなたの名前に込めた願いを掴んでくれたのね」

はちきれんばかりの笑顔を向ける娘を見て、私はカミルとともに願ったあの日に想いを馳《は》せた。

エピローグ

epilogue

結婚式が終わるとパルナコルタ王宮にて盛大な夜会が執り行われました。

私とオスヴァルト様は大勢の招待客に囲まれながら挨拶回りをして、ミアとフェルナンド殿下、そして病が完治したというルークさん、さらには教皇様の代理人という肩書きで来てくれたエルザさん。その他にもお世話になった方と会話をし、楽しいひと時を過ごしておりました。

「少しだけ二人で話せるか？」

「オスヴァルト様？」

彼の言葉を受けて私は王宮のバルコニーに出ます。

そこは庭園が一望できる場所で、風が吹くたびに月明かりに照らされた色とりどりの花びらが舞い、幻想的な風景を作り出していました。

「綺麗《きれい》ですね」

「ああ、そうだな」

私たちは無言で景色を眺めます。

それからしばらくしてオスヴァルト様が口を開きました。

彼は私の手を握りながら、真剣な眼差《まなざ》しでこちらを見つめてきます。

「――あなたに伝えたいことがあるんだ」

「伝えたいことですか？」

「ああ」

彼はゆっくりと息を吸い込むと、意を決したように言葉を紡ぎ始めました。

「フィリア、結婚したその日にこんなことを言っていいのか分からない。だが、どうしても今伝えなければいけないと思ったんだ」

「………………」

「俺はあなたがジルトニアから売られるという形でこの国に来ることに反対をしていた。未《いま》だに罪深いと思っている。……だが、俺があなたを愛したのはそんな負い目からでは決してない。俺の身勝手な思いかもしれないが、あなた自身に惹《ひ》かれたからだ」

彼は私のことを見据えたまま、はっきりと言い切りました。

えっと、これは一体どういうことなのでしょう。

「……あの。オスヴァルト様、結婚式の後にもう一度プロポーズしてくれた、ということですか？」

「そう受け取ってくれても構わない。俺が言いたいことは今でも罪を消そうとは思っていないが、その気持ちとあなたを好きな気持ちは別ってことだ」

なんとも生真面目なオスヴァルト様の告白。

彼ほど実直に生きている人間を私は知りません。

「私はオスヴァルト様が好きです。けれど、その気持ちはずっと変わることはないと思います。ですから、私もあなたの罪悪感を半分背負って生きていきます」

「……んっ？　だが、俺の罪はあなたを――」

「だとしても、私はあなたの妻として幸せも苦しみもすべて半分ずつ分かち合っていきたいのです」

私がそう言うと、オスヴァルト様は少し驚いたような顔をしました。

しかし、すぐにいつもの優しい笑顔に戻ると、私の髪にゆっくりと触れます。

「……そうか。ありがとう、フィリア」

彼は私のことを愛《いと》おしそうに見つめると、そのまま引き寄せて強く抱きしめてくださいました。

私も彼の背中にそっと腕を回します。

まるで二つの魂が重なり合い、一つになったと錯覚するような一体感。愛する人と共にいる喜びに私は涙が零《こぼ》れそうになります。

「これからもお慕いしております」

「ああ、俺も未来永劫《みらいえいごう》あなたを愛している。なにがあってもずっとあなたの味方でいよう」

「オスヴァルト様……」

私たち二人は顔を合わせると、どちらからともなく唇を重ねました。

心が、体が、魂までもが繋《つな》がっていると感じるほどに深く結びついた私たちは、もう離れることなどできないでしょう。

きっと私たちは同じことを思い描いているはず。

根拠はありませんが、自然にそうだと信じられました。

――この方と結ばれて良かった。

この瞬間、私は本当の意味で彼の妻となったのだと実感します。

「オスヴァルト様……。私、これからずっとあなたの側《そば》にいられることが嬉《うれ》しくて仕方ありません」

「フィリア？……はっはっはっ、奇遇だな。ちょうど俺もフィリアとともに過ごす未来に喜びを感じていたよ」

今日から愛する夫の隣で同じ時を歩んでいける。

それは私にとってなによりも尊いことです。

これから先どんな未来が待ち受けているか分かりませんが、きっと大丈夫でしょう。

私たちにはお互いに強い絆《きずな》があるのですから。

朗らかに笑う彼の温《ぬく》もりに身を委ねながら、私は再び静かに目を閉じました。

まるで夢のようなこの幸福な時間を噛《か》み締めるように――。

あとがき

読者の皆様、四巻をご購入いただきありがとうございます。

まずは、フィリアがオスヴァルトと結婚できて良かったなとホッとしています。

他にもヒルダとの母娘関係や父親に関して、ライハルトの無念、など書きたいと思っていたことも書けて満足できました。

特にライハルトはコミカライズを担当されている綾北先生が格好良く描いてくださっているので、気合いを入れて描写しました。

綾北先生の描くキャラクター全部素晴らしいので、小説を書くにあたってとても刺激になっています。

そして、今回も昌未先生には完璧すぎるイラストを描いていただけまして、著者としてこれ以上の幸福はありませんでした。

担当様にも最高の助言をいただき、感謝してもしきれません。

関係者の皆様にはこの場を借りてお礼申し上げます。

読者の皆様もここまでお付き合いいただきありがとうございます。

それでは、またどこかでお会いできることを祈りながら今回も締めさせていただきます。

冬月光輝

コミカライズ
好評連載中!
完璧すぎて可愛げがないと
婚約破棄された聖女は
隣国に売られる
[漫画]綾北まご [原作]冬月光輝 [キャラクター原案]昌未

完璧すぎて可愛げがないと婚約破棄された聖女は隣国に売られる 4

発行 2023年3月25日 初版第一刷発行

著者 冬月光輝

イラスト 昌未

発行者 永田勝治

発行所 株式会社オーバーラップ
〒141-0031 東京都品川区西五反田8-1-5

校正・DTP 株式会社鷗来堂

印刷・製本 大日本印刷株式会社

ISBN 978-4-8240-0448-2 C0093

【オーバーラップ カスタマーサポート】
電話 03-6219-0850
受付時間 10時～18時（土日祝日をのぞく）

作品のご感想、ファンレターをお待ちしています

あて先：〒141-0031 東京都品川区西五反田8-1-5 五反田光和ビル4階 オーバーラップ編集部
「冬月光輝」先生係／「昌未」先生係